一条鱼的歌唱

吕志军　著

北京日报出版社

图书在版编目（CIP）数据

一条鱼的歌唱 / 吕志军著. — 北京：北京日报出

版社，2024.8. — ISBN 978-7-5477-4996-8

Ⅰ. I267

中国国家版本馆CIP数据核字第2024231VE3号

一条鱼的歌唱

出版发行：北京日报出版社

地　　址：北京市东城区东单三条 8–16 号东方广场东配楼四层

邮　　编：100005

电　　话：发行部：（010）65255876

　　　　　　总编室：（010）65252135

印　　刷：三河市中晟雅豪印务有限公司

经　　销：各地新华书店

版　　次：2024 年 8 月第 1 版

　　　　　　2024 年 8 月第 1 次印刷

开　　本：710 毫米 × 1000 毫米　1/16

印　　张：16

字　　数：230 千字

定　　价：76.00 元

代序

我每天早上要从二环路过。在十字路高架立交桥下面有一片树林。路口车流量大，上二环需要不短的时间在这里等待转弯。

在钢筋水泥森林里，有这么一片绿，和风翠微，赏心悦目，多少缓解了车辆拥堵带来的焦躁，非常难得。

这时，总有一种乐曲悠扬地传出来。它在车子龟速爬行的时候，吱吱哇哇地响着——初次听真是吱吱哇哇的。仿佛有些害羞，有些胆怯，但密林遮不住，就这么跌跌撞撞地跑出来，泄露给路桥，闯进人的耳朵里。

我猜想，这吹奏人大概是位初习的老人吧。乐曲里的调子是不准的，有的高了有的低了，有的长了有的短了，连我这样的外行都听得出来。也许因为年龄大了，手指僵硬了，想要吹奏准确是那么艰难，连识谱都不容易。

但他不懈地吹着，从每一次停顿，每一个重复，都能听出他的努力。明显的错音他会反复吹，三四遍后总归会连贯、顺溜一些。下一句的时候又有错，他从头再来，就像孩子做错了题一样。只不过孩子今天错了，明天就能改正，毕竟头脑是灵活的，手脚是灵巧的，领悟力是很高的。而老人家的进步却和我们的车子一样缓慢，听不出来显著变化。连续一个月，他就吹奏一首曲子，这个月是《牧羊姑娘》，下个月是《城市的光》，再下个月，又换回了《牧羊姑娘》。他天天努力改进着，天天听起来，和前一天吹的没有多大区别。

枝叶遮蔽着老人，让他避开了外界打扰，心无旁骛。老人风雨无阻地练着、吹着。偶尔听见他的干咳，那是他吹累了、嗓子涩疼了吧？也会有短暂的间歇，那是他胳膊发麻，在活动肩膀吧？

我们每天听着这单调走音的乐声，感受着老人的执着。树林的绿给了老人很好的庇护，路人只听见簧管的声响。老人仿佛也知道自己的乐音不好听，想遮掩起来，但林子遮盖住了人，却放跑了声音，声音像断线的风筝，不受他的控制。

我们每天听着这乐音，开始嘲笑它难以入耳，继而对屡屡跑调忍俊不禁，再后来，听出了里面的倔强，最后，我们耳朵里满是老人澎湃跳动的不老之心。"老骥伏枥，志在千里，烈士暮年，壮心不已。"曹操的壮怀激烈也不过如此吧。

每天从立交桥下穿过，音乐就这样陪着我们，难听吗？难听；好听吗？它又是上班途中最好的音乐。司机们不约而同地关了收音机，打开车窗，支棱起耳朵。堵车的烦躁消减了，催促的鸣笛没有了，大家排着队，有秩序地上桥，在《牧羊姑娘》的陪伴下愉悦地奔向单位。

终于有一天，市容修剪树木，把二环的林子削开了一个豁口，大家循着声音望去，是一位大爷，头发全白，穿着白色的绸子对襟套服，双手擎着一支单簧管。他眼睛盯着谱架，腮帮子鼓得圆圆的，努力地把簧管吹响。他的头发在晨风中微微颤动，像是在为乐曲打拍，而那绿色的林涛，像极了给老人的无尽掌声。

我，司机们，以及看到他的人，都为他默默竖起大拇指。

他清楚自己做不了音乐家，但却从未放弃爱音乐的权利。一如林涛，撼动不了整个冬季，却始终跟着自己的节律摇摆。

暮年的惶遽也就一晃而过了。

文学只是一支笔。秃笔成冢的时候，也许真的就像老人之于簧管，有了一片林子，有了动听的乐章，谁也说不定呢！

目　录

第一辑：遇见

汉江：一条鱼的歌唱

水在山北称之河，水在山南称之江。这山是秦岭，紧倚秦岭、在秦岭之南的水是汉江。

如果秦岭是中华大地上的龙脊，那汉江布满川原的河道就是这龙的血脉。衔着山歌，绕着流沙，一条鱼鼓翼，穿游在历史血脉，我永久的故乡。

一

"郡邑浮前浦，波澜动远空。""岭外音书断，经冬复历春。"这是诗人们的吟唱。太阳从东山而起，画出一道弧形，坠入西山。霞光透过暮云，吹吐一口仙气，吹出了半江瑟瑟半江红。夕阳悬在脉脉千里的流水之上，夕阳下还荡漾着一叶晚归的渔舟。渔舟是汉江流动的铃印，汉江两岸的汉、回、羌等族人民打鱼农耕的历史镌刻在这印里。

汉江的水是清澈的，这里有鱼的活跃、米的清香，还浇灌出一片沃野。然后这里便盛产热面皮、菜豆腐和酸菜鱼，满足国人的口舌。

芦苇是汉江的羽衣，和天空的彩云辉映。孩儿们在梦中回味着昨天、今天的游戏，逮螃蟹，凫水，憧憬明天能在河边收获一只晒太阳的乌龟。大人们在雨季来临之前，准备好了挡雨的篷布，免得急雨打湿晒谷场上的粮食。篷布洗净，晾在芦苇丛上，呼啦作响。

现在，农人在做好梦，江水汩汩流淌在广袤的川原和盆地。梦醒了，农人扛上锄头，去田间除草，庄稼旺盛，草也旺盛。在芦苇抚摸夕阳的时候，农人扛着满满的希望，伴着缕缕炊烟，拉扯着闲话，有一种与世无争的悠闲，点一袋旱烟，袅袅着，也悠悠着。

秦岭挡住了北来的寒风，汉江把温润水汽注入每一方土地。压水井在人家的院落吱呀，水管引到了桑树底下，蚕宝宝在桑叶下蠕动着，一个美梦就成了茧。圆白的茧破壳，是件件丝衣锦绣，丝绸从渡口向全国、向世界进发。

汉江的水清冽，大地的毛细血管把它从山脚摆渡到山腰和山顶，洇出大片大片的茶树。待到春风唤醒万物，茶树也被唤醒，在春雨里绽出嫩芽。这时，山歌嘹亮。和着牛的哞哞，汉江和它的子民一路欢唱，从源头到入海，亦一代又一代。

二

现在汉江走向全国，最直观的，是汉江的风味。

在汉江流域，几乎家家窝浆水。

因为有了浆水菜，就有了菜豆腐，就有了酸菜鱼。浆水是做豆腐的引子。一锅大豆的奶白汁液，烧沸腾了，半碗浆水下去，就凝结成白嫩粉嫩的豆腐。吃的时候下些新鲜菜蔬，就是令人馋涎欲滴的菜豆腐。豆腐有多滑嫩可口？入口即化，食之如仙气过江。再往汉江下游去，汉江出产的团鱼、黄辣丁、鲤鱼、草鱼，入锅炖煮，待熟，将炒好的浆水菜兑进去，就是一顿飘香十里的酸菜鱼。

一茬小麦，一茬水稻，鱼虾满江。汉江不缺食物。热米皮，菜豆腐，酸菜鱼，热干面，浆水挂面，哪一样不能招待天下嘉宾，哪一样不是智慧的表现？不会做饭的女人不是汉江的女儿。汉江女儿凭勤劳的双手和机灵的脑瓜，用最朴素的食材，做出了最美味的食物。朴素是汉江儿女的本色，制造美好是汉江儿女的本事。

三

汉江养育的儿女羡煞神仙。相传有一个敦厚的汉江汉子，每日饮汉江水，食汉江物，放牛于田间垄上，劳作间优哉游哉。天上有天宫，天帝之女"年年劳役，织成云雾绢缣之衣，辛苦殊无欢悦，容貌不暇整理""纤纤擢素手，札札弄机杼。终日不成章，泣涕零如雨"。她寻机下凡排遣玩耍，见一湾白练般的水，蜿蜒而来，滔滔而去，山转水绕，水去鱼游，便褪去华锦，赤身在这湾水里，洗涤满身疲劳。小伙子的老牛很通灵性。老牛对主人说："有美人在河里沐浴，何不拿了她的衣服娶她做妻子。"小伙子依言而行，果然见到美丽女子，便取了仙女的衣服。仙女终于做了小伙子的妻子。婚后，他们男耕女织，生了一儿一女，生活十分美满幸福。不料天帝查知此事，派王母娘娘押解仙女回天庭受审。老牛不忍他们妻离子散，于是触断头上的角，变成一只小船，让主人挑着儿女乘船追赶（另一种传说是老牛死后让小伙子剥下牛皮，披着牛皮追赶妻子）。眼看就要追上仙女了，王母娘娘忽然拔下头上的金钗，在天空划出了一条波涛滚滚的银河。小伙子无法过河，只能在河边与妻子遥望对泣。他们坚贞的爱情感动了喜鹊，无数喜鹊飞来，用身体搭成一道跨越天河的彩桥，让恩爱夫妻在天河相会。王母娘娘无奈，只好允许他们每年七月七日在鹊桥上会面一次。

这便是"牛郎织女"的传说。织女浣洗玩耍的河便是汉江。

银河系里有织女星、牛郎星。织女星是天琴星座里最亮的恒星。牛郎星是天鹰座里的恒星，它和两旁那两个亮度小一点的星，被人们合起来称为"扁担星"。神话里说旁边那两个小星是牛郎和织女所生的孩子。天鹅在银河里漂游，河畔有位姑娘在织布，对岸一个牧人带着两个小孩子在放牛嬉戏。这是一幅多么美丽的田园图画！每年七夕，一些少男少女趴在葡萄架的下面，据说可以听到牛郎织女的悄悄话。

"纤云弄巧，飞星传恨，银汉迢迢暗度。金风玉露一相逢，便胜却人间无数。柔情似水，佳期如梦，忍顾鹊桥归路。两情若是久长时，又岂在朝朝暮暮。"牛郎织女的恩爱，和这首词皆成千古佳话，成为世人对曼妙爱情的美好期待和忠贞坚守。

喝汉江水长大的著名作家李汉荣写有这么一段话："大地上有一泓水，从远古，从开天辟地的那一天，它就开始流淌，一直在寻找那些注定要与它相遇的人和事物，它为此到处流浪。后来，它终于注入一脉流水。它绕过无数山脉、原野和荒滩，它绕来绕去，终于绕到一个地方，绕到一些草面前，绕到一些花面前，绕到一些牛马羊狐鹿蚂蚁雀鸟和众多生灵面前，绕到一座房子面前，终于绕到一个孩子面前。绕了多少万年，它才找到这个孩子……"

牛郎就是汉江找到的那个孩子。汉江男人个个是善良坚强的牛郎，汉江女子个个是贤惠耐劳的仙女，他们都是汉江的守护者和缔造者。至今，汉江的孩子不仅继续勠力改造着自然，还继续创造着神仙也羡慕的爱情和生活。

四

"汉有游女，不可求思。汉之广矣，不可泳思"，你听，这是汉江人动人的歌谣。是它启发了牛郎，勇敢地拿走织女的罗衫，还是牛郎织女的故事，启发了汉江人对爱情的追求？

如这首《汉广》，在《诗经》的《周南》《召南》中，很多歌谣来自汉水流域。

在长时期封闭、相对寂静的山谷里，人们选择山歌自娱自乐便成必然。放牛娃习惯在山坡上喊号子，采药人喜欢在林间唱歌壮胆子。男女对歌是联络感情的最佳方式，河中放舟时唱几曲排遣孤单，三五人相聚做农活儿还会对歌提神，宴席上人们常常赛歌劝酒喝得醉眼蒙眬。歌谣给人们带来欢乐，给人们带来幸福。勤劳淳朴的汉江儿女漫长的劳动生活岁月里，留下多少爱的绝唱！《郎在对门唱山歌》似鸟鸣深山，空谷回响，飞瀑流泉；《巴山打夯号子》壮美豪放，强烈反映了生命的活跃和张力，撼人心魄；《撒花调》阴柔婉转，似在诉说情节跌宕的悲情故事，催出了多少人的泪水；《汉江船工号子》揭示了船工们面对苦难的无奈和抗争。

但汉江流域更多的是轻松活跃的曲调。《摇仙桃》轻松活泼，乐观向上，风趣幽默；《送饭调》如岩石般淳朴厚重，溪流般清澈纯净，爱情的乐章铺排在烟熏火燎之中；《摘菜歌》词曲秀美，旋律轻盈跳跃，洋溢着劳动生活的快乐和自豪。

汉江人热情厚道，礼数周到，勤劳不屈。歌谣从各个方面尽情讴歌他们乐观向上的精神风貌，这一点在这一区域广受欢迎的汉调、碗碗腔、咣咣戏、二黄、花鼓戏、坠子、三锣鼓等戏曲、民乐中也得到了充分反映。他们"言之不足，歌之咏之舞之蹈之"，至喜生命就这样自由而至。

歌谣是汉江形而上的榫卯和胶水，它把汉江的一切紧紧卯黏起来。如幕般笼罩汉江的人情、风情、世情，把汉江的枝枝丫丫裹紧在川原峁岭，把两岸的人紧紧拥抱进一江暖水。

有水的地方就有渔舟唱晚，就有穿入云霄的歌声。

如果说水是山的衣裙，歌就是水的发带。

没有歌，怎么能有水做的女子，有如女子般美妙的生活？汉江有多少儿女，就有多少首歌。

汉江的歌既唱给男人，山般傲岸坚毅、石般倔强刚强的男人；也唱给女人，如梦、如花、如水，心思缜密、性格要强的女人。汉江是歌谣的河床，它启迪了子民的灵感，丰润着子民的情感，流淌着人类普遍的内心共鸣，并向四周圈圈渲染，成为全民的精神佳宴。

五

汉江是汉文化的演化地。汉江人创造的美好，都化作了一块块精美的石头，在岁月的河里被收藏、冲刷、淘洗。汉江就是一台挖掘机，它逢山开路，塑造历史，也掘泥淘沙，剖开历史。石头就是它挖掘出来的历史，让我们不经意间就见证了奇迹。

到汉江边，看"秋虹映晚日，江鹤弄晴烟"，看"烟里歌声隐隐，渡头月色沉沉"，看"溶溶漾漾白鸥飞，绿净春深好染衣"……这些美景都踩着一块块石头。

石头是汉江的年轮，是汉江人的胎盘和气节。

在河滩上，随便捡一块石头仔细瞧吧，白色的是白火石，两石一碰，一捧火花，先民最先就是用它们把火点燃，离开茹毛饮血，开辟了人类历史新纪元；黄色的是黄蜡石；青灰交织的是麻光石；如果有红得耀人眼目的，那就是鸡血石，没有个几千万年，就不可能形成。

河滩的石头，有的从河床底下渐渐显露出来，有的从山涧谷底冲刷出来，有的经历了火山喷发，散落人间。这些彩韵石、剥皮石、釉光青、墨玉、千眼石、卷纹石、蜡石、玛瑙石、石英石、汉江红石、雪花石、麻光石、竹叶石、钟乳石、石灰石、生物化石、矿物晶体，哪一种不是天地造化，哪一种不是栉风沐雨，它们硬得犹如汉江男人的骨骼与精神，美得犹如汉江女人的面庞与风情。它们不断地被人发现，被打磨抛光，站上精美的石托，供世人欣赏赞叹。

2005年9月，中国地质大学刘家军教授在陕西发现一种具有新构型的层状硅酸盐矿物。国际矿物协会新矿物及矿物命名委员会通过投票，确认它为新矿物。这就是世界上独一无二的"汉江石"。

"汉江石"的全型标本已保存于中国地质博物馆。专家认为,"汉江石"的发现,对我国和世界新矿物的研究具有特殊意义。它是对中国矿物版图的又一次补充。

这些是汉江石的精华。

最普通的,要数青石。汉江的青石质地坚硬,在水里翻滚百年也不会碎裂,是造屋垒墙的最佳材料。汉江流域雨水充沛,土坯房经不了雨水长久的冲刷。先民精于就地取材,因地制宜。他们从河里捞取大青石,做地基,垒墙体,从土地里把碎石头拣出来,用于填补大石的缝隙,使墙壁更坚固、土地更肥沃。

农忙,在地里耕耘;农闲,在房上作文,继续书写自己的勤奋。河边的石头风化了,水底下的石头成色好。汉江人把旧轮胎做成浮船,往河里一扔,脱了汗衫,下水捞石头。边走边拿脚探索,轻轻一划拉,就知道石头是方的还是圆的,捞上来,十有八九差不离儿。脚一蹬,能动弹的,是浮石,头往水里一沉,就捞出水面;要是蹬不动,摸着又是好石头,那就吸口气,一个猛子扎到水底,手一阵刨挖,就弄出一块大石头。等船上装满了,拉着上岸,卸在岸边,再来第二船。天擦黑,装上车,哼哧哼哧,石头就回了家。不久,一座敞亮结实的新房盖成了。这是汉江人温暖的家。

其实,一千五百多千米长的汉江所出产的石头,和黄河、淮河、珠江、雅鲁藏布江所出产的石头,哪一种不是中华民族骨骼中的一枚骨粒?它们共同构成了中华儿女的体格,既彼此不同,又彼此相融,钟灵毓秀,物华天宝,雄浑作一体,交融成血脉。

石头进了地基,上了墙体,供上桌面,汉江和汉江人的历史就进了生活,就有了烟火味道,值得细细品咂。汉江人祖祖辈辈书写着历史,平淡、平凡中,历史逐渐厚重起来,有了质感,有了棱角,有了世间传唱的咏叹。

六

滚滚长江东逝水。汉江的水注入长江。

说汉江，就避不开三国。

在三国之前，汉江流域一片繁盛，山之北的八百里秦川是天下粮仓，山之南的秦巴盆地是鱼米之乡。但囿于两山夹峙，偏于一隅，难有大图。

秦末，循着神农炎帝搜医找药的险径，穿越秦岭高耸巍峨的脊梁，借着曾侯乙精美绝伦的黄钟大吕，一声战鼓，擂响汉水奔向长江母体的雄浑涛音。

刘邦崛起于汉中，刘秀兴起于南阳，诸葛卧龙腾起于襄、南之间，于汉中鞠躬尽瘁。

战火从秦岭烧往巴山，从汉中燃遍荆襄，烧开了汉江人的视野，开掘出"山里人"前往中心世界的通道。天下的分久必合，把汉江融入一个大家庭，迸发出勃勃生机。

鼓角争鸣远去，走进淡泊明志、宁静致远的新境界。那些英雄气概和胆魄永远留了下来。"建安风骨"随汉江河水流进汉江人的静脉和动脉，融合与拓展从此一发不可收。

公元前138年，张骞手擎汉节，雄赳赳迈向西域，开辟了举世闻名、今又重启的"丝绸之路"，中国与西域之间的政治、经济、军事和文化的通道就此打开，胡豆、胡萝卜等作物使百姓的饮食内容更加丰富，西域文化的传入把祖国的脸庞打扮得更加丰满瑰丽。

公元105年，龙亭侯蔡伦［东汉桂阳（今湖南耒阳）人］，总结西汉以来造纸经验，改进了造纸工艺，利用树皮、碎布（麻布）、麻头、渔网等原料，制出优质纸张。他改进的造纸术位列中国古代四大发明。纸质书籍成为传播文化最有力的工具，大大促进了世界科学文化的传播和交流，深刻地影响了世界历史的进程。

现在，汉江上飞架着大小数百座桥梁，南北两岸相牵相连；两边的山体开凿了几十条隧道，隧道内奔驰着汽车、火车。汉江有超过五百千米的通航里程，上空飞机整日轰轰而过。

汉江的脉搏从此不再是在山川之间里跳动。它更阔达，更雄浑。它和祖国的脉搏同律，和大地的命脉交融，和世界的前进同步。

《三国演义》里有一千一百九十一个人物，他们保家卫国，建功立业。但是在真正的史书《三国志》里，汉江人个个都是主角。他们不是英雄，日出而作日落而息，但他们又是真正的英雄，缺了他们，中国的历史会重写。汉水滋养了这方土地，她的子女也在改造着这方土地。他们把汉江的历史浓缩在一起，他们的劳作惊天动地。

历史是人民书写的，汉江人也在这灿烂世界里并一直灿烂着。

七

有水才有袅袅炊烟。汉江是两岸人民的家园。人们用桶挑水，把家里的水缸装满；用抽水机取水，把干渴的土地浇灌，变成膏腴沃野。桑树结出了紫红香甜的桑葚，蚕宝宝把桑叶幻化成绫罗绸缎；茶树满山遍野，茶叶帮人类抵御疲乏的侵袭。

河床上的沙石是建筑材料，岸上的树木涵养着水土。芦苇和沙洲，携手打造出游览的美景，与夕阳烟霞波光，装点壮丽神州。

人们在水中洗去一天的劳累，在水中徜徉流连，盼望有一个仙女一样的姑娘，同唱动人的爱情之歌。每年中元节夜，踏进河流，静静地放下河灯，烛幽冥，祈幸福。

有水才有悠悠渔歌，水是水族动物的乐园。娃娃鱼在河里畅游，无尽的鱼虾龟蟹在水中寻食长肥。渔人把一船一船的水产打捞上岸，养育一代又一代子民。水长长，梦长长，福长长。

但曾几何时，人不敢再扑通一声扎进河里，毫不犹豫地狗刨踩水，不敢在水里洗衣洗菜，不敢再吃浅水井里的水；船舱里不再装满肥肥的鱼，阳光下的石头上，晒太阳的乌龟也绝了踪迹。

汉江开始哭泣。

汉江的呜咽让她的子民从梦中惊醒，他们不可以再贸然下河，张网捕鱼，河堤的草枯萎于石缝的泥上，曾经飘满皂香的河床被筛金船刨出一个又一个深坑，浊水和泡沫又把深坑填满了。水泥厂、化肥厂、煤矿、铁矿、铜矿，一江的水也洗不白。当历史被强行改写，历史也就写下了人们的急躁和贪婪。蚕茧不再洁白，茶叶不再清香。鱼米让人活命，而活下的命哀叹着保命，汉水不再是这里的子民的庇护和乳汁。秦岭的每一岔豁口堆满了豪华别墅，把一堆一堆的垃圾、矿渣排进河的血管。

淤积成疾，病入膏肓。

工业化，这是一个时代进程必不可少的阶段，可是代价却如此之大，让青山绿水泣不成声。

这又是必须跨过去的痛苦，即使这痛苦如同断臂。

给养育我们的母亲揩去满脸泪水！让母亲干瘪了的乳房重新胀满青春和希望，重新从宇宙的视角俯瞰人类卑微的命运！

这是人类对母亲的救赎，也是对自己的救赎！

路走歪了，重新来过。喝干净的水，吃健康的菜！重新跳进河里畅游吧，同虾龟蟹一起畅游！

这应该是我们共同而强烈的渴望，我们必须回归。重回温暖的母体，需要我们克服自己的重重欲望，就如汉江自古以来对我们舒缓而非暴戾的养育。

汉中发出了怒吼，安康发出了怒吼，丹江口发出了怒吼！

汉江起风了，风中的涛声响应着，眉头渐渐舒展开来。

火电厂、化工厂、水泥厂、造纸厂、煤矿、铁矿、铜矿、铅锌矿被关停，烟囱倒下去，天又蓝了；一栋栋别墅被荡平，被蹂躏的土地重染了绿色；柳树、杨树、槐树重新挺立在岸边，站成卫士的模样；草长起来了，芦苇长起来了，花儿也长起来了，蒲公英吹散出飘逸的花伞；筛金船撤了，河长来了，鱼群游动起来了；清淤、截污、重点企业污染防治、农村环境治理、生态修复等一大批工程被纳入汉江流域生态补偿项目，增殖放流站也开始运转。

河面的悠悠白云，你是哪里的？河里的畅快鱼儿，你是哪里的？石头缝隙里的洁净流沙，你是哪里的？

"彼美汉东国，川藏明月辉。""日影浮归棹，芦花罥钓丝。"短短十余年，这么美的诗句，重新在汉江唱响。

汉江擦干眼泪，涅槃了！

八

一条鱼。一条聚天地精华而生的鱼，它悠游着，那薄如蝉翼的鱼鳍真像小女孩的纱裙，在我的故乡自由自在地游着。

它从秦岭与米仓之间的嶓冢山起，向东南穿越秦巴山地的汉中、安康，进入鄂西后北过十堰入丹江口水库，继续向东南去，涉襄阳、荆门，直达武汉。河里，碧水澄澈，河岸，千里花堤；油菜花香，槐花蜜香，沁人心脾；杨柳依依、和风微微，鱼跃形成的波纹让天上云彩的影子荡漾起来，远处的天蓝和近处的水绿，绚烂了人间。

它一路欢歌。

不，这还不是汉江的全部。

你看，历经半个世纪的南水北调工程正在做最后的冲刺，一旦完工，仅以丹江口水库为枢纽的中线工程，引流的汉江水即可向河南、河北、北京及天津四省市供水，解决沿线二十多座大中城市的缺水问题。调水最大规模可达一百三十亿立方米，这堪称世界水利工程建设史上的一个奇迹。丹江口水库即将成为中国北部最大的一口"水井"。

半个世纪以来，为了实现南水北调的伟大梦想，鄂、豫两省约三十八万移民或就地后靠，或举家外迁。他们一次次扶老携幼，背井离乡，远离家乡和亲人，默默为国家重点项目建设献出自己的家园，有的村民甚至一家四代人都是移民。

陕西是一个缺水的省份，降水集中在陕南的雨季，每年水资源缺口在二十亿立方米左右，并在逐步扩大。陕西虽自身水资源相对匮乏却仍承担着向外调水的任务。陕西克服重重困难，做出了巨大牺牲，坚决支持中央部署。

这就是大度汉江，这就是憨厚的汉江人。他们把小我活成了大义。

以前，汉江是养育汉江流域人的汉江。现在，"横溃豁中国，崔嵬飞迅湍"。汉江将横越秦岭，成长为滋养大半个北方的汉江。所到之处，皆是国土，所养之人，皆是国民。

汉江的鱼，将在更为广阔的国土遨游、歌唱。

水在山北称之河，水在山南称之江。过去，地处中国内陆腹地的古老汉江诞生文明、传递文明，它像一条神奇的纽带，将人类文明紧密联系、融汇在一起。

现在，你知道为什么地处秦岭之南的汉江也叫汉水了吗？

江河有限，流水无涯。

一个人的玉华宫

已到收工，繁华隐去，静夜降临。我来这里，恰逢其时。

车子缓缓进去，窗外是大片的花草。与其他宫苑的奢华不同，这里亭阁甚少，回廊无几。草木居多，葱葱郁郁，因而那一方花成了点缀。两山夹峙之下，红黄相间的花儿被山体巨大的绿色压制，甚至显得有些可怜。

在农家小院一宿酣睡。醒来，已是雨水淅沥。梨树上挂满了青果，不多的叶子下，繁若天星。在床上，望窗外，那棵梨树在窗棂框架里，宛如一幅山水画。

路上，一地雨声。宽阔的路面被雨打的小水花遮盖，泛着茫茫的白光。有个作家写过这雨："雨自天而降，从伞面下滑，如泪成线。雨厌烦了单调的云里生活，才翻滚着下到人间。可是，它不知道人间也有很多苦恼，待到领教过了，生命已经结束。"

雨的生命只有一次。也许这位作家是对的。雨滴落下来，汇成细流，流入沟渠，很快就没有了踪迹。你再见到的，已不是这雨。你、我和它，都无法改变。

这就像我来的玉华宫，再也不是唐王所在的宫阙，再也不是玄奘译经的佛家圣地。

玉华宫，原名"仁智宫"。唐太宗时在原仁智宫的基础上继续扩建，于贞观二十二年（648 年）完成。从最初的仁智宫到扩建后的玉华宫，再到后来的玉华寺，这一建筑经历了从皇家避暑胜地到佛教圣地的转变。

玉华景区千顷松涛，植被保存完好，生物种类繁多，具有较高的观赏和科研价值。深秋，凉爽宜人、红叶似火；隆冬，玉树梨花。景区平均气温比西安低十至十二摄氏度，素有"夏有寒泉地无大暑"之美称，是避暑、度假、疗养的好去处。

玉华宫建成后，唐太宗对它的环境和建筑艺术十分满意，亲自撰《玉华宫铭》予以赞赏。李治的《奉和玉华宫铭》赞曰"顺请铜山，镌芳金石，道光轩驾，声流姬迹，引此崇崖，介通帝宅。峻侔铜柱，祥韬金碧，饮渭南通，鸣岐西格，炎生肇授，彤暑初融""丹溪缭绕，漩树玲珑，迳分余云，岭界斜虹"。足见当时万山丛中的玉华宫的典雅、壮丽。

那时，皇帝带着佳丽，抛下豪车华盖，远离了朝政，躲开了长安的喧闹，在这小径上漫步，欣赏两山的苍绿，或者驾几叶小船，泛舟玉华湖。日间，茂密的林木遮住了暑气，佳丽们在林间嬉戏追逐，为赢取君王一笑，殚精竭虑。皇帝度假，也无非如此娱乐。在这里，他们才会少些争斗，少些烦心，过回平常人生活吧。

然而玉华宫也就兴盛了几十年，一个自然人的寿命罢了。我曾经在一篇文章里算过一笔账，一个人完成了生理意义和社会意义上的传宗接代，留给自己的时间所剩无几。能吃能干、能跑能跳不会超过十年。之后，英雄也到迟暮。再尊贵的皇权，再崇高的人生，生命终止，一切烟消云散。

皇帝的人生也许很精彩，但也许连常人都不如。

这个离宫似乎也逃脱不了这个宿命。

贞观二十二年（648年）六月，唐太宗在正殿玉华殿召见高僧玄奘，对其献身中印文化与治学精神予以表彰。唐高宗崇信佛教。他即位后，永徽二年（651年）改玉华宫为寺。显庆四年（659年）"京城人众竞来礼谒，玄奘乃奏请逐静翻译，敕乃移于宜君山故玉华宫"。随着玄奘僧徒的到来，玉华寺成为佛教圣地。

看，皇帝和他的宫殿，最终还是要人为地给自己找个依托。佛寺是他们最喜欢的精神放逐和救赎之地。

在佛家，字数最少的一本经书就是《摩诃般若波罗蜜多心经》，简称《心经》。《心经》共二百六十字，包括了佛教的核心内容。《心经》讲心，其中还讲了一个"空"字。这一个"空"字，扫除了凡情俗解；也讲了一个"无"字，这一个"无"字，显示了佛教的不二法门。《心经》开宗明义地告诉我们："观自在菩萨，行甚深般若波罗蜜多时，照见五蕴皆空，度一切苦厄。"很多皇帝、高官把自己托付给"空""无"，就是因为人生"苦厄"。他们的"苦厄"，会比常人少吗？

有一个男人，每天开车回家。他在把车泊进车位后，并不下车，而是坐在车里，点燃一支烟。他知道，在上车前，是单位的纷繁复杂；一下车，是家里的温馨与琐碎。只有这车里，才属于自己，可以有自己的片刻休闲和欢愉，可以一事不想，可以天马行空，身体和思想在这里充分放松。

我是完美主义者，因而也是悲观主义者。哪里有完美的世界？世界在挣扎着往前走，人在凑合着过生活。这时就想，如果做个小女人多好，可以不用管家，不用操心人来人往。男人在世上，很多时候是打碎牙和血吞，打肿了脸装胖子，哪来那么多风流潇洒。人在江湖飘，时时可能"挨刀"，有时是明枪，有时是暗箭。期望"躲进小楼成一统"，可是又怎么可能？但又不能不挺着，为自己的尊严，为家人、亲戚、朋友的和谐而努力。人就是这么卑微，连皇帝也不能幸免。

我们一直追寻人生的意义，但又有谁找到了放之四海而皆准的真理？"空"和"无"的境界，也无非是麻醉了自己一会儿，让人有在将就中度过"苦厄"的勇气和喘息而已。皇帝和佳丽们，在玉华宫将息过后，该虐心还得虐心，该宫斗还得宫斗，免不了继续复杂的人生。

不觉已到山顶。目力所及，雨锁南山，烟笼四野。多少楼台，没了踪迹。

皇帝已去，游众也因雨未来。现在这个离宫，就是我一个人的。时大时小的雨，笼罩着车子，叮叮咣咣地敲打车体，像听蔡琴的歌一般，空旷、幽缓，还有一丝悲凉。

生死蓬莱

去蓬莱，正值冬季。伫立蓬莱阁凭江远眺，我试图寻找曾经无数回萦绕梦中的海市蜃楼。而在苏公"东方云海空复空，群仙出没空明中"，王世贞"不尽沧波反照红，千寻霞锦蹙回风"美妙诗句的背景中，出现于眼前的却是峨冠威仪的秦王嬴政和瘦骨嶙峋的齐王田横。前者数登芝罘，跪求不老之仙药，而使蓬莱闻名海内外。后者多年屯兵蓬莱后自刎身亡，更让人们在这里静神沉思。他们都曾是蓬莱历史上沉甸甸的过客。我知道自己一时无法挥去那种掺杂着滑稽与凝重的意绪，那就索性让自己重回几千年前那段无以名状的历史吧。

秦始皇奋六世之余烈，振长策而御宇内，除了四处勒石自颂，便是不惜巨资以求长生不老。秦始皇二十八年（前219年），齐人徐福等人的上书拉开了他求仙的序幕。秦始皇遣徐福率领数千童男童女入传有神仙的蓬莱、瀛洲万丈之海中。徐福求仙"数岁不得，费多，恐谴"，便撒谎说"蓬莱药可得，然常为大鲛鱼所苦"，因而请"善射与俱"。秦始皇听信，就命令下海的渔人备置捕大鱼的用具，自己则拿着大弓驾船以待大鱼。船从琅琊北一直航行到劳山（今称崂山）、成山，没有大鱼的踪影。到了芝罘，果然有大鱼出没，便引弓射杀之。秦始皇此行并未求着仙人，却不幸染疾，为其病死种下祸根。

秦始皇三十二年（前213年），秦始皇又使韩冬、侯公、石生求不死之药。燕人卢生，使入海还，诡称"亡秦者胡也"。这使求仙心切的秦始皇悍然发兵三十万，北击胡。卢生对他说"臣等求芝奇仙药者，常弗遇，类物有害之者"，只有"恶鬼辟，真人至，上所居宫毋令人知，然后不死之药殆可得也"。于是"赢政乃令咸阳之旁二百里内宫观二百七十，复道甬道相连，帷帐钟鼓美人充之，各案署不移徙。行所幸，有言其处者，罪死"。有一次，他临幸梁山宫，被人泄露了行踪。追查泄密之人未得，便"捕诸时在旁者，皆杀之""自是后莫知行之所至"。

秦始皇对长生不老的痴迷令那帮求仙问药以谄媚者也胆战心惊。侯生、卢生因"尊赐甚厚"，自己终不得药，而赢政又乐以刑杀为威，终于再也不敢伴于虎侧而相继逃跑。这也在某种程度上累及其他知识分子，秦始皇大怒，"乃自除犯禁者四百六十余"儒生"皆坑之咸阳"，这便是历史上有名的"坑儒"事件。

传说秦始皇因射鲛染病，但即使病入膏肓也"恶言死"。秦始皇三十七年（前210年）七月，秦始皇最终病死于沙丘。他拿自己的性命做了把没有胜利希望的赌博。

楚汉相争期间，刘邦为争取久屯兵蓬莱的田横助汉攻楚，派其谋士入齐游说。齐王田横因有与汉言和之意，在历下解除战备，与刘邦的谋士郦生终日纵酒为乐。但汉将韩信却乘其防备懈怠之时，攻破历下，使田横败走博阳，田横大怒之下烹杀了郦生。

刘邦立汉后，田横惧诛，与其徒属五百余人入海，居岛中。刘邦也害怕善纳贤士的田横聚众谋反，便遣使召田横进京。田横答复使者说：

"臣烹陛下之郦生，今闻其弟商为汉将，臣恐惧，不敢奉诏，请为庶人。"刘邦得知后，再次遣使召田横，并威胁说，"来，大者王，小者乃侯耳；不来，且举兵加诛焉。"田横被迫带两个门客赴京。离雒阳还有三十里时，他借口见皇上需沐浴净身支开汉使，悄悄对门客道："我开始与刘邦均南面称王，现在他为皇帝，我却成了俘虏。向他臣服，已经是莫大的耻辱了。现在又要跟仇人之弟伺候同一个主子，我的心里就不愧疚吗？"于是自刎，门客拿着田横的头颅上奏刘邦。刘邦为之流泪叹息，以王侯之礼厚葬了田横，并封田横之门客为都尉。田横下葬后，两个门客在其墓旁另挖洞自刎而去。刘邦大为震惊，遂派人去海岛召田横其余部属。田横的部属听说田横死了，也纷纷自杀身亡。

田横死了，他在汉高祖高官厚禄的利诱之下，终于没有低头。

我是冬天去蓬莱的。冬天的蓬莱没有海市，只有凛冽的海风吹过来，吹得人寒彻透骨。我想一代帝王秦始皇，行有华车，宿有丽人，食尽甘味。他自以为"德兼三皇、功盖五帝"，本可以滋润地活得长久些，因晚年追求长生、巡游无度、滥用民力等导致身体衰弱，过早去世了。田横若早应刘邦之召至京都，也可以优哉游哉地过下去。但他却选择了死。田横避居海岛，其部属不过五百，但他之死有数百人以死相随。两人相距仅十余年，而给予蓬莱的结果却如此迥异，何也？

此时明代名儒袁可立的诗句荡然飘来：

凤慕蓬莱仙，今到蓬阁上。

神仙杳难求，海水空漭漭。

秦皇踪已沉，汉武终觖望。

田横五百人，至今堪惆怅。

义城鲁仲连，功成甘退让。

千载有同心，感时怀高尚。

在诗韵与冷风中突然顿悟：人之生死，义之存而魂续，义之亡而命夭。果真如此，看没看上蓬莱海市，又有何妨？

墟岭的月

阴云倏忽去了，满盘的白月腾悬空中，月辉倾泻下来，把墟岭露台的我们紧紧搂住。

也许刚刚经历过与乌云的搏斗，此刻的月异常皎洁、异常镇定。她在天幕平静美丽地绽开，光华圆润，让所有的星星遁形，让所有的虫豸噤声，只有这纯洁的光满天满地铺洒开来，纯粹得使人流泪。

我们静静坐在墟岭的露台，欣赏中秋圆月的姿态，似乎稍微一动，她会撒手而去，或者她眨眨眼睛，我们就会失去这灿烂的琼华。其实她一夜未动，一直高悬于空，以菩萨般的心肠，凝视着大地上的一切。

我们久久地看她，就如她久久地看我们。

朋友牛哥夫妇早早张罗了月饼和佳肴美馔，用诗声恭迎月亮降临，可是在晚饭之后她仍未露面。我们沿着小村公路往山上去寻找她的踪迹，不料被一阵细雨逼回。道旁的玉米叶沙沙作响，水蛐蛐蹦到路的中央。大片的乌云遮盖着天空。

只有零星的淡淡光晕告诉我们，月亮就在那里。

她在等待一个时机，冲破黑暗笼罩的时机。是啊，就像雷电击毁不了太阳，浊流冲刷不垮岩壁，有谁能阻碍光明的到来？

她终究要破云而出。

回到墟岭，牛哥的妻子惠霞端出火龙果汁——一种叫"红粉佳人"的自制饮料。我们没有喝红酒，红酒太艳，配不上月的素雅端庄。这果汁淡淡的忧伤和浅浅的微笑，恰似今夜的雨。它是为我们准备的，也是为这中秋月准备的。我们品尝"红粉佳人"，也品咂我们的过往和眼下。

作为国内早期的职业经理人，牛哥在商场转战多年，声名鹊起，本来有更广阔的前程，但很多机会都被他一一拒绝了。西安有他的家，美丽的妻子，可爱的儿子，以及对自己创业的自信。

牛哥思虑再三，终至今天在魏家岭开辟出墟岭民宿。平日，牛哥主持文朋诗友的歌会，幽默风趣；夫人惠霞种瓜栽豆，伺候一众的饮食起居，起早贪黑。在山野田间，夫妻俩倒也与世无争，自得其乐。

墟岭在秦岭扯袍峪口。这峪口大有来头。相传当年王莽篡权后，党同伐异，将朝中的反对派残杀殆尽，独断朝纲。刘秀眼见大事不妙，偷偷溜出长安城，越樊川入大峪，欲摆脱王莽追杀。

当逃至大峪山内，实在困乏，正当休憩之时，山路上来一老僧。老僧打量刘秀一番后，唱偈云："翻过人头山，当是人中仙。东南有大道，天下任掌管。"刘秀听后心中震动，暗自思忖道："这不是神仙在给我指引明路吗？"急忙起身拜谢和尚，请求明示。和尚慢吞吞说道："久居京畿之地，难道不闻人头山之名，不见人头山之景？人头，人头，乃万众之头，过得此山，当为天下首。此峪非君路，彼峪因尔名。"和尚说罢，扭头走了。刘秀听了，对和尚千恩万谢之后即弃马登山。攀上人头山，鸟瞰长安丰饶之地，心中感慨万千：高祖皇帝建设大汉江山万里，就这样落入奸贼之手，叫后人情何以堪！不除乱臣贼子，誓不为人！正思想观看之间，他却隐约听到山下人喊马嘶，知是王莽的追兵到了，急忙向和尚所唱之"东南大道"奔逃，身上战袍也被荆棘剐破。后刘秀出峪，沿山脚到达蓝田入汤峪，摆脱王莽追杀，终至南阳，最终光复汉室。后来人们得知此事，即以"扯袍峪"命名该峪，沿用至今。

今天把墟岭建在刘秀奋起之地，是为把凡人的诗情画意写入秦岭秀色，还是也有刘秀图谋天机、重振汉室之意，只有牛哥夫妇俩自己心明。我们只管来此游玩。

墟岭民宿整栋楼面东，西向台阁错落，草坪、树林至扯袍峪泄洪沟始收束，视野开阔；松柏、白杨、柿子树次第伸展，松鼠蹿来蹿去，风景优美。

民宿有客房十数间，客人早起，可在三楼屋顶迎接旭日东升；夕阳西下时，灿霞燃染树梢，给屋后的草地、林木、屋宇镀金镶银，一派辉煌。如若心有不甘，可以南行千余米，爬上民宿外围的人头山梁，听林涛在耳边回响，观锦鸟在枝头跳跃。日出日落，云蒸霞蔚，景象万千。

而到了晚间，欢闹遁去，静穆渐至，在墟岭宽阔的露台，纵目是雅致至极的青黛，张耳是无休无止的虫鸣。它们都在夜色里悄悄鼓胀力量，候着第二天的黎明。

八月十五，我们是来墟岭观月。一行十六人早唱过《十五的月亮》，吟毕《水调歌头》，待到九点，苏东坡笔下的"琼楼玉宇"已然升空。在高倍望远镜里，月亮的"南极点"圆圆赫赫，一座座环形山把月轮装点，仿佛嫦娥在仙宫翩翩起舞，玉兔在脚边和着鼓点蹦来蹦去。

被无垠月光扣住，天地一下子阒无声息，我们屏气敛神，都沉浸在月华无声的豪壮豁达里。我想，月亮也是把暂时的阴霾抛开，振奋精神，以崭新的面目去迎接曙光的吧。

人有悲欢离合，
月有阴晴圆缺，
此事古难全。

今有月圆。

但愿人长久，
千里共婵娟。

遇见：在凤冠山

一

于丹江之畔，从团团簇簇的树木里拱地而起，凤冠山陡然耸向半空。

我看见它挺起脖子，顶着赤红冠子，若凤昂首嘶鸣，把一城的黎明叫醒。

这嘤嘤凤鸣的一声，不仅大岭、吾都、上山、先声、大厝、美塘、祜水，还有冠山一峰两翼醒了，也让十里八乡的人与新鲜空气、鸟语花香不期而遇。

从山脚而上，"睡美人""猴头峰""神龟""擎天柱""沉香试斧石""冠山神猿"等奇异景观惟妙惟肖。悬崖绝壁之上古人凿就的土地洞、关帝洞、玉皇洞、佛爷洞、财神洞等十二个洞窟，其塑像、浮雕也是巧夺天工。

冠山十二洞，洞洞有神灵：仁义关帝，"大款"财神，魁星文昌，恩爱二仙……据说老君在此炼过丹，思邈来此采过药，张伯端也从这里羽化登仙。

最有意思的是挂瓢洞。五代阳城隐士许由无意功名利禄，避乱世而隐居于凤冠山洞窟，身无长物，仅一缸一瓢一琴而已。他心如止水，瓢饮充饥，抚琴放歌，年复一年。"满袖黄花风飒飒，一天碧水草萧萧。眼前世界劫灰尽，洞口白云且挂瓢。"见者问他："君为何饮此？"答曰："山水自然。"又问："君为何居此？"答曰："身外无物。"后人为了宣扬许由的清高德行，命名其所住洞穴为"挂瓢洞"。过此洞，思其志，游客纷纷在洞口挂瓢旁照相留影。

故事传说愈来愈丰满，历史积淀愈来愈厚重。游览凤冠，犹如在尘世仙界翩翩行走，观世界，知人世。窝在山里的十二个洞穴，像一口口深井，把丹凤一域的独特文化窖藏，时间越久韵味越长。

二

一群人从西安迤逦而来，正盘桓在凤冠层层石阶之上。随着日近正午和山路的延伸，个个汗湿衣衫。

"歇一会儿吧，气喘，腿软。"有人说。

"慢慢走，不要停，一停就泄了劲儿。"旁边的人答。

"一口气到山顶！"后边有人超过，"噔噔噔"地前去了。山环树罩本来没有风，硬是让他带出一缕凉意来。

一条不知名的虫从树根往上爬，咕容咕容到树杈，越过两朵蓬勃的木耳，在一只蝉蜕旁逗留片刻，朝树梢攀去。那只褪过壳的知了，卖力歌唱着给它鼓劲儿。虫子爬得快起来，它马上就要见到美丽蝉蜕的主人了。

我驻足注视着这条努力的虫子，摘了一朵木耳抿进嘴里。

有男人捡起一根树枝，折去冗余，递给身边的女人。现在爬山她多了条腿儿。女人抹抹额头的汗珠，笑了。

我也笑了。

队伍缠绕在山路上，人曝晒在阳光深处。树荫里，他们看见了那些箩筐般的山洞，像是盛装下他们的汗滴和喘息。不久，从山顶俯瞰，山洞亦变得微不足道了。

三

我走它也走，我停它也停。我看见了自己的影子。

自来到回，从上到下，或浅或深，我一直看着自己的影子。

"你是来爬山吗？"过二仙洞时我问它。它不回答。

"你是来看风景吗？"到药王洞我换了个话题。

它不回答。

"你是来寻找什么吗？"在挂瓢洞我穷追不舍。

它依然不回答我。

其实不只是在凤冠山，在江南、在北疆、在雪域，我无数次问过。它都没有回答过我，就像我不知道为什么一定要结队出发，洒汗磨脚也要爬到山顶一样。凤冠山上的洞穴隐藏了一切答案，任何地域、时空对人生的谜底都秘而不宣。

我常为此痛苦不已。有哲人说，生活就是生下来活下去，生命就是场有去无回的旅行。可是既然上苍给了我们生命和活着的历程，它终归有自己的使命。

它到底是什么？

阳光把天空渲染得晴朗、湛蓝，树枝让斑斓的影子若隐若现如同水墨。

猛一刹那，我看见了影子背后的自己。自己站在起起伏伏的土地上，和影子交融在一起，没入树荫，再也分不清了。

那个爬山的人是自己吗？那个涉水的人是自己吗？那个渴盼名利的

是谁？那个急欲攻心的是谁？站在高峻峰顶该怎么做？陷入险恶谷底该怎么做？

一切静默。

下山了，回首那一连串洞穴，正如我们走过的深深浅浅的脚窝，牢牢镶嵌在山体里，不飘不浮，有远有近，绵延不断，与凤冠山的绿木香草和谐相融，与我们走过的轨迹遥遥相随。

影子拉开来，它们恰在脚下，藏进岁月背后。

石头下

我喜欢在河边散步，这习惯源于我生在河边、长在河边。河水自然流动着，思绪也自由流动着。脚步漫无目的地踏过茅草、绿苔，在河堤上溜达。目光漂浮在河水的涟漪里，打个漩儿，向下游去了；或者跳跃了一下，扯进落日余晖的树影里去了。这时候，往往是牛哞声声、炊烟袅袅。

没有谁会赶着我回家吃饭，或者拉我到诸如打麻将、看电影、讨论某个话题等的事务中。我可以像不知道为什么来一样，不知道目的和不知道方向与时间地一直走下去，一直走到看不见人烟。

河边总是有风的，流水带动了风，风带来了澄明。霾在河边形成不了。偶尔腾起遮碍视线的，是河水蒸腾出来的雾气，吸入鼻腔，湿润而惬意。那是真正的仙境，云蒸霞蔚，缥缈婉约。漫步在里面，真的就如仙人一般。

当然大多是晴天，碧空里飘着云，云聚云散，都在河面上拂过，映带着水里的石头似乎也游动起来。

我最爱把鞋脱了，赤脚从石头上踩过。圆裸的白石，带棱角的青石，铺排出无边无际的画卷，浅水荡漾间，心就化了。

——还有什么比这自由地闲逛更叫人心醉的呢？

懵懂无知的时候，我赤脚跑过了汉江；年少轻狂的时候，我徘徊过泾渭；中年稳重的时候，我到过钱塘江、富春江甚或澎湃的澜沧江。它们无一因为我无知、鲁莽、冲撞而拒绝我。河水轻轻地舔舐着，安慰着，也教育着，让我渐渐走向从容。水也是自由而无拘无束的，这才叫水之"有容"吧？

某一天我散步，看到了山涧里被山洪冲下来的一块巨石。平缓的河水载不动它，就让它搁浅在河滩上。它突兀地站在水里，犹如怪兽。周围的卵石那么渺小，奈何不了它。沙子更是微弱，随流水轻轻一荡，就从旁边滑过去了。

它就在河边屹立了几年，直到一次更大洪水到来。

那次滔滔洪水，裹泥携沙，夹木落石，把它冲到了河道中间。洪水退去，它在河面只露出短短一角。

我每次到河边去，看到河沿的卵石围裹着沙粒，风拂过沙石，也拂过脚，我都无比欢快。那块河中的巨石，把风划出凌厉的啸叫，水在它周围打着急漩，不断拍击出亮亮的水花。

再过一段时间，我已经看不见它了。据渔民说，巨石挡道，水流会从石头的前下方着手，逐步掏空，把它一步一步没入河底，直到再也阻挡不了前进的水流。

这就是自由的水的力量吧。

看万山红遍

影子一天比一天长起来，脊背一天比一天凉下来，叶子嗖嗖地掉落了，一嘟噜一嘟噜的红柿子就挂满了枝头。刹那间，万山被染红了。从褒斜古道，到傥骆古道，再到商於古道，驱车的视野所及，蓦然，就会有一树星星点点红灯笼似的柿子闯进来，在树丛里向你招手，呼唤你停下来品尝这甜蜜果实，瞬间，这甜蜜也漫山染透了。

这时节，一棵又一棵的柿子树乘着山涧边的芦苇向山腰蔓延，驾着祥云直逼顶峰，在山风的吹拂下，甜丝丝的味道缭绕了整座秦岭，然后在味蕾的缠绕回味里扩散到千家万户、村村落落。

村头的那棵柿子树就是儿时的欢乐。在青黄不接的时候，柿子树是一种盼望。一群伙伴饿急了就打起了柿子的主意。可是柿子也在青黄不接中。没事，有办法，一顿石头瓦块扔上去，砸下来的柿子插上芝麻秸秆窝进小水缸，不几天就由青变黄、由涩变甜了，咬一口，"黄叶晚霜严，熟蒂香独兼"。不饿了，村子袅袅炊烟里才有了欢声笑语，才有了捉迷藏、打猪草和上学的劲头。

记得小时候，大汉婆家门口的柿子树没少被我们袭扰。大汉婆人高马大，家里子女多，生活艰难，饥一顿饱一顿的生活让她十分警觉地盯着柿子树，但总也盯不住一群饥饿孩子的连番攻击。柿子还是小小的"奶尖尖"，就被砸下来当陀螺玩具，再大点就是接济肚子的粮食，小家伙们诡计多端，哪里看得住。大汉婆往往拿着棍子追赶一阵子，然后喘着气骂："叫你们偷，叫你们偷，吃了屙不下。"

等到房子敞亮了，村里年轻人去城里了，这柿子树就成了风景。雪还未化年轻人就走了，雪再降落的时候他们再回来，迎接他们的是一树柿子。抬头望上去，目光和蓝天下的太阳相接，中间是红红的柿子，晶莹剔透、皮薄瓤软，里面两瓣柿子核似乎都要破皮而出。柿子树在他们走的时候就开始把雪水积攒起来，贮藏进枝干；春天，又把雨露收集起来，把枝叶绽放开来；它把阳光一片一片摘下来，给青青的柿子上色。"晓连星影出，晚带日光悬。"它们说，我们太多了、太挤了，长不大也长不甜。于是它们把弱的、瘦小的抛下去，等到抛下去的连鸡呀鸟呀也再无兴趣了，把阳光吸饱了、贮存够了，就红红地挂着等他们回来。他们带着收获回来了，它们饱满透亮、笑脸相迎，还悄悄低语："咱们也不能不奋斗就享受他们的青睐啊。"这一树的红灯笼站在村头，是姑娘小伙子们嘴里的美食，是过往游客眼里的美景，是村里人过美滋滋日子心里的亮堂。

柿子的红有两种：一种是挂在枝头的，那是饱蘸了日月精华的红，红得饱满而自然；一种是挂在场面的，一溜儿一溜儿，一条儿一条儿，一场儿一场儿的红，红得激情而奔放。村里人把柿子摘下来，剪了叶，削了皮，用绳子拴住柿蒂串起来，挂在屋檐下，挂在场面木架子上，让太阳晒、夜露打。地上的皮儿卷了、红了，柿子瓤也软了、红了，这红就像天空的星星排了队，或者受阅的军人列了阵，排山倒海充天塞宇，从每家每户的门前冲出去，冲破河流，冲过山脚，一直冲到目光无法看到的远方。这红碾压一切青的紫的白的颜色，把天地变成红彤彤、火烈烈的灿霞，把眼眸燃烧成红彤彤、火烈烈的憧憬，把日子变成红彤彤、火烈烈的幸福生活。在这海洋一般的红里，点缀着青砖蓝瓦的屋舍，构成了一幅浓艳醒目的山水画卷。那些柿子行走其间，从检阅丰收的检验者变成真正的创造者，是点睛之笔。

柿子是喜欢阳光的树，哪里有太阳，它就在哪里生长，太阳是它的能量之源。从儿时到中年，我从未见过大汉婆给柿子树施肥。但我中年回去，大汉婆会拿出一捧柿饼塞到我手里，柿饼白白的霜里透着粉粉的红：“吃吧，今年的柿饼特别甜。”过去我和小伙伴去偷，现在递到嘴边了，却吃不了几个了。但那香甜却是一样的。阳光把柿子变成了柿饼，大汉婆故意要留一些柿子挂在树上，她说现在不缺穿不缺吃了，那是给鸟儿留的。“鸟雀把树上的柿饼吃没了，春天就回来了。”大汉婆说。柿子在阳光里由青变黄，由黄转红，由饱满圆润渐渐风干成椭圆，慢慢地结了白白的霜，大汉婆看着日子“哒哒哒”的脚步迈过，她的头发也白了。

我在吃着柿饼的时候，分明看见柿子红彤彤的，在大汉婆的眼里盘踞着，它是炉膛里柴火毕毕剥剥燃烧的颜色，也是秦岭满山枫叶与柿子树共舞的颜色。它瞬间把井冈山一队军人展开的旗帜染红了，把石鲁笔下延安崖边的山丹丹染红了，把天安门广场舞着唱着欢歌的军民笑脸染红了。

秋天，一树柿子如星火燎原，把天地山川全染红了。

家的门

两三盆雏菊灿烂地开着。黄的耀眼，红的美艳，紫的俊秀。起落杆起，我出门；落，我回家。在她们于门口殷勤的送迎里，身里身外都是家的温暖。

一

最难忘的味道是那碗浆水面。一个大缸，萝卜缨子、芹菜茎叶、白菜帮子，窝在发酵的酸汁里，三天就能吃。萝卜缨子浆水筋道，芹菜茎叶浆水脆生，白菜叶子浆水滑爽。天热，忙的时候，一盘凉拌或者油炒的浆水菜下肚，汉江人就能胜任一天的劳作。热急了，一碗浆水酸汤，堪比酸梅汁。冬天，手捧一碗热气腾腾的浆水面，呲溜呲溜，光听这吃面的声音，就知道有多馋人。窝浆水，既是储存蔬菜的好办法，也是招待客人的捷径。客人一到，半个小时，就可以吃到一碗香辣酸爽的浆水面。如果喝了酒，最好的养胃菜也非浆水菜莫属，喝过辣酒，嘴苦喉干，熬半锅白米粥，炒一盘浆水菜，吃着就着，胜过山珍海味。

不管专家怎么说浆水会致癌，汉江人还是窝了一辈子浆水菜。这浆水菜里，窝着汉江的历史风情，也饱含着暖暖的亲情。

小时候，大人们忙，小孩子疯。我们一帮熊孩子和尿泥、踢瓦片，累了倦了回家，远远就朝家门喊："婆，给我们下面。"婆上了年纪，干不了重活儿，照顾我们成了责任。端盆水让我们洗脸洗手，自己则生火做饭。一把稻草团塞进灶膛，从缸里捞一把浆水菜，切了；油锅热了，撒几个干辣椒焙透，刺啦一声，浆水菜下了锅；铲子几翻，抓起盐一撒，再翻几下，下面的菜就好了。炒菜用的是大油，一碗面端在手里，汤面儿上还漂着猪肉燣油剩下的肉末末。连面带汤吃一口，那叫一个香！

成人后，携家带口回老家，第一件事就是吃碗浆水面。老父亲坐在灶头前烧火，老母亲抹净案板擀面。眼见得一团白面，在擀面杖一圈一圈的擀搓下，变成了大而圆的面片。把面皮一头压住，一滚，大面片裹在擀面杖上，成了一副古代挂画的卷轴。这时妈会问："吃长的，还是揪片？"若是长的，拿菜刀顺擀面杖一刀拉下，面片从杖上散开，平展展地叠躺在案板上，从中再顺着来一两刀，拦腰拎起一抖搂，一团粉面腾起，"哧——"，进了开水锅。若是揪片，就一条一条揪成短节儿。熟了，用笊篱捞进碗里，浆水菜汤汁一浇，满满一碗，全是妈妈的味道。

二

我们家族大，父辈弟兄四个，各有一圈院落，几家子前后挨着。几个孙子辈儿的，漂泊在外，过年才能团聚。大年三十守夜，父辈们看春节晚会，我们年轻人把火盆往桌子底下一塞，打牌。说好的两点散摊，结果输了的不想散，赢了的走不成，两点打到四点，四点打到天亮。四爸年纪轻，打牌也上瘾，和我们坐一圈，你幺鸡我三饼，熬个满眼的血丝到黎明。四妈心疼四爸，从背后悄悄走来："你看看你，他们年龄小能熬，你这长辈的凑啥热闹！"嗔怪的声音里，飘荡着浆水菜的香味。原来四妈早早起床，炒了浆水菜，下好了一锅面，一人一碗，大盘子端来了。冷冷的冬夜，空空的肚子，这一碗热汤面恰到好处。

麻将是老祖宗的伟大发明。不管有人怎么作践，麻将仍然是国人老少皆宜的消遣。在我们的家族里，没有人天天打麻将，家里也从来没有赌钱的嗜好。但对一个大家族来说，麻将因为不区分经济实力和知识深浅而大受欢迎：比如比我大三个月的堂哥，美国留学归来的博士，研究的是昆虫基因，他嘴里的那些术语和偶尔顺口而出的外语，对我们不啻于天外文明；比如大爸的儿子，我善良勤苦的大堂哥，一人的酒量可以灌翻所有的弟弟妹妹；比如生意兴隆的堂弟，从零起步，生意越做越大，他的生意经可以出一本专著。每个人心里都有一尊神。因为各自的爱好和专长不同，适度的交流是必须的，但一大堆人聚拢，要的不是开讲坛，也不是比拼酒力、财力、智力。短暂的家庭聚会要有一个中心，要的是亲情与和谐，个人的那尊神供奉在奋斗前行的路上，团聚时要讲究孝善、和睦、遵从。麻将成为中庸的调剂与选择。

一圈人场面上嗑瓜子喝茶，一圈人哗啦啦搓麻将。你拿一些酥梨，我摆一些干果。男男女女笑着聊着，家长里短，酸甜苦辣。孩子们则手握甘蔗，作枪当棒，追逐嬉戏。大人这边聊需要换个话题，就挪身到了牌桌围观。一圈牌过，大哥炸了几把，眉开眼笑。四堂哥张口："你看，这就像基因，有些动物几代单遗传优秀的，瑕疵慢慢就滤掉了。有的单遗传劣质的，这个物种慢慢就边缘化，甚至被淘汰了。大哥你这是要淘汰我们的趋势啊！"二堂弟说："这就是做生意啊，别看一季度不开张，天天冷板凳，可是你要有耐心，说不定一个腊月，全年的福利都回来了。耐不住寂寞，咋能有收获？"小妹说："我开始写字也是这样，写一张，觉得蛮好。过一段时间再看，难看得跟这把牌一样。过了两年，哎，顺眼了。人要鼓励，牌要鼓劲儿。"大哥就笑："我只知道种红苕要把苕母子埋踏实，扯开蔓了不敢太给肥，走好每一个步骤，秋季就能去拿车拉红苕了。我一张牌一张牌想好了才出的，你们有啥不服气？"三爸是个文化人，实在。他给每个人发根烟，说："你们说得都有理，现在最大的理儿是啥知道不？"大家边洗牌，边支棱着耳朵，想听三爸的道理。三爸说："给钱！"大家哄地都笑了。

这边的牌桌上坐久了，有人就把钱往牌桌上一留，起身掺和到喝茶的那一圈去。等到饭时，几张桌子一拼，长者坐正中，小的挨妈妈，杯盘交叠。三几杯酒，一场团圆。

三

父母在时，每次回家，我都是一头扎进那扇吱呀吱呀响的木门，父母用慈爱的眼神和暖暖的絮叨迎接我。在我心里，有父母的牵挂，家徒四壁也是富有的，身在天涯，也是有魂的。门后是熟稔的面孔和故事，但百看不厌、百听不烦。

父母走了，迎接我的是哥哥嫂嫂。哥哥和两个姐姐都搬到了县城。我每次回家，来去匆匆。哥嫂做过生意，后来罢手，两个姐姐仍然在忙。因为哥嫂赋闲，也因为传统的观念，我回家只住哥哥家。哥哥是个爱干净的人，头发是板寸，却每天都要洗头。家里若有半点灰尘，那不弄干净决不罢休。乡村的新房几乎是不住的。但隔十天半月，哥哥会开车回家，拿水管把水泥场面、檐下平台细细冲刷一遍，屋里家具桌椅都要擦抹干净。忙活整整一天，完了回城安歇。在我的记忆里，小时候我是哥哥的跟屁虫，他是我的保护伞。我大了，哥哥开修理店，办加工厂，做钢材生意，一步一步成功，是我的骄傲和榜样。嫂子从城里嫁到乡下，却从未叫过屈，她和哥哥一道，走过了一个又一个沟坎。嫂子的厨艺一流，转眼之间，十几道菜就可以上桌。仿佛那些绿的红的、硬的软的蔬菜，经受过专业训练一般，自己会规整排队，自动熟烹凉拌，一跃成形。

在父母走后而只剩归途的人生道路上，我是感谢生活的，因为家的门一直敞开。火车到站，哥哥必定是站在出站口，即便没有一句话，手指间夹着的烟里，也带着袅袅升起的归盼。进门，嫂子已经摆好了丰盛的菜肴，就等着下箸，搅拌那一碗素菜红椒的热面皮，起勺那盆熬得烂熟的红烧肉。在家里，我是不用动手洗刷锅碗的，嫂子不让。在哥嫂的心里，我既是亲人，因为一母同胞，也是宾客，因为常年在外。我也无须考虑自己怎么睡、睡哪儿。嫂子早早就把床单被罩换过，卫生间摆放好了新牙刷牙膏。若是全家回去过年，我们身上都会穿上哥嫂给我们置办的新衣裳。

哥哥城里的房有长长的巷道直通大街，也因为此，人在巷道深处的房间里，是听不到房门的拍打声的。我每次回家，都要从这巷道穿过，然后走向一楼，或者二楼、三楼的房间。有一次夜深酒醉，晕晕乎乎地坐在门外，几乎忘记了敲门。哥哥久等不见，打电话也没有人接，就惶惶出门张望，这才发现了我。第二天我还在赖床醒酒，哥哥就把一把新配的钥匙放在了床头，他说："这下好了，家门你随时都能打开。"

现在，从西安回汉中老家，秦岭的盘山险道修成了高速公路，凿山隧道行驶着极速动车，回家只是一锅烟的时间。即便如此，过一段时间，哥哥就会打电话，问我啥时候回来。嫂子也经常和我们煲电话粥，问候妻子和孩子的情况。我知道一家人应该不只有一处居所，一个青砖红瓦遮风挡雨，一个无边无际常驻心头。

每当我从那几捧雏菊前走过的时候，我眼前总是划过一扇门，吱呀吱呀地响着。那道门里坐着爷爷奶奶、父亲母亲、伯叔娘婶、兄弟姐妹。那里有欢声、欢笑、欢喜，那里有想念、挂念、思念。爷爷哼的辨不明词曲的秦腔，奶奶煮的漂着肉末的浆水挂面，大爹赶集买回的晶晶糖，三妈硬塞进车厢的各种干菜，四爸在牌桌上对晚辈的包容，父母炭火前的絮叨与叮咛，兄弟姐妹间的相互照应，都拉进一条长长的巷道。而家门上的钥匙，紧紧地攥在我的手心里。

怀念一支笔

一

一根竹子，就是老吕的一生。

老吕是个孤儿，一位做毛笔的师傅收留了他，师傅去世后，他继承了师父的衣钵，靠做毛笔为生。等到他有了五个子女，就把老大留在原籍，然后率家南迁，在朱刘村扎下了根。因为名字中有个"明"字，老吕就给自己做的毛笔取了字号——"万明堂"。自此，从他手里出脱的毛笔，都是万明堂出品。朱刘村不大，在整个汉中地区小到看不见。老吕凭万明堂让朱刘村驰名汉中。

这是我仅知的老吕的过往。他的一切隐藏在一支支纹路绵密的竹管里，隐藏在经他细致梳理过的每根羊毛中。

做毛笔是个细活儿。天气晴好，老吕会把家伙事儿拿到屋檐下：一张不大的桌子，两三副有大有小的骨梳，一个瓦盆。瓦盆里盛水，盆上一块溜光的木板。坐定，左手拿一疙瘩毛，蘸水后，手耽在盆沿上，右手开始用骨梳一下一下地梳，梳几下，在木板上墩整一下。这一疙瘩羊毛，经过老吕从根到梢反复梳弄，渐渐变得整齐，过不了百十梳，秃锋的毛已经被剔除，剩下锋尖而透亮地撮在一起。有在梳齿间颠倒却毛锋完整的，老吕梳子一斜，梳齿一挑，顺势在毛堆上一抹，那毛就归了队。梳到差不多了，这撮毛在水里一蘸，往木板上一倒，骨梳夹在右手食指拇指间，中指一按一按，那毛便铺成一排，像选美比赛上的模特儿。仔细看过，确实没有了一根秃锋，左手拇指从头一搓，那排毛便成了一个圆锥体，梳齿再一挑，就端端正正地立在木板上。

然后是下一疙瘩毛。

如果是阴天，老吕就搭梯子上楼，取出一捆羊皮来。拴捆的绳子一解，羊皮展开在门槛边的亮光处。拿一把剪刀，从一个皮角开始，左手捏住一撮，右手剪刀"嚓——"，皮毛分离，摆进旁边放着的簸箕里。等到簸箕摆满，那张羊皮就真成了羊皮，一茬一茬的毛根痕迹整齐清晰，仿佛斑马的纹路，天生的一般。这张羊皮的毛，足够老吕梳上两周，把它们变成一个一个亭亭玉立的圆锥体。这些圆锥体，在外人看来只是一撮普通的毛，但对老吕来说，这是他的艺术品。之所以是艺术品，是艺术家在里面流了自己的血，驻了自己的魂。

四个季节，老吕做毛笔的内容也各不相同。

春季，把笔头用不易腐烂的蜡线捆绑住尾部，一个一个串挂起来，就像富平人挂柿饼，或者兴平人挂辣椒，底端拴上砖块，一串一串地晾晒在屋檐底下。夏天，调制好石灰水，鞣皮子，脱脂，晾晒干了剪毛。秋天，把买回来的竹子用菜刀截成一节儿一节儿，两边修理平整，短的做笔帽，长的做笔杆。冬天，长方形铁皮炉子里生了炭火——很像街头的烤肉炉，炉子上面有钢筋架子，架子上是已经截好的竹秆，等竹秆烤热变柔，用特制的矫正器，把它们一根一根矫正得笔直顺溜。

一支好毛笔的核心是把最好的毛凝聚成一个柔韧而吸墨性强的笔头。

它摁下去弹得起，笔干涩而墨不尽，就像侠客的义——心中无义的侠客是死的，头儿不好的笔也是死的。

做笔也有危险的粗活儿。一支毛笔有杆有帽，笔杆栽笔头的地方叫笔碗。抓笔、斗笔、大字笔的笔碗可以买现成的焊接在笔杆上。小楷、柳条、中楷笔的笔碗则是从竹秆的一头旋掏出来的。铅笔旋是把铅笔削尖，毛笔碗则是把竹孔掏成倒圆锥。旋轻了，笔头栽进去显得笨拙；旋重了，笔杆就会破裂。

这还罢了，主要是笔帽难做。一根二寸长的竹秆，这头到那头，由厚到薄，恰好是一个中空圆锥。这需要手工一铲一铲铲出来。老吕往左手上缠一块布，把竹秆放在虎口上，捏住，手耽在桌沿上，右手拿一支长长细细的 U 形小铁铲，一下一下、一圈一圈地铲起来。铲子钻出头，一条竹肉就会从竹秆里跳出来。到最后，竹肉逐步被清空，只剩下竹皮，而那竹皮在里面形成了圆滑匀称的圆锥，笔帽才算完成。铲笔帽的时候，一不小心，锋利的铲子就会穿透而出，扎进竹秆下的掌心。

笔杆、笔帽、笔头成型，老吕再用松香和胶把它们变成万明堂出品的毛笔，霸占在汉中盆地书法家和学生们的案头，让他们书写自己的人生。

卖笔使老吕成了商人。硝烟在年关鞭炮炸响声中逐步弥漫的时候，老吕的生意最好。那时他根本不用出门。春节家家户户贴春联，假期里学生有多篇写字作业，这些都得用毛笔。这时的朱刘村，往往会有远道而来的客人。"大姐，老吕家怎么走？""小朋友，卖笔的住在哪呀？""你往前去，左拐一下，右拐一下，四间瓦房的就是。""你跟着前面骑车的那个人，他也是去买笔的。"大抵如此。

客人到老吕家，老吕把货篮从屋梁钉子上取下，解开一捆一捆用牛皮纸包着的毛笔。青中带黄的是笔杆，笔杆上朱砂涂染的刻字是"万明堂"。卸下笔帽，露出或麻色、或白色、或棕黄色、或浅红色的笔头。客人说"我要写对联的笔",老吕就拿出中楷、大字笔;客人说"我要写牌匾",老吕就取出抓笔、斗笔;看到小朋友,就把小楷、柳条笔递到他们手上,还不忘交代一句:"先从楷书写,有端正的字,才有端正的人。人端正了才能蹦、才能飞。"

客人挑选,老吕就在旁边案桌上置了水碗,"看好哪几支了?来,我给你把笔头散开……"手指轻轻几捏,笔头毛在两指间齐齐地展开,拿到灯下说:"你看,这毛锋多长多亮!"客人问:"写字会分叉吗?"老吕说:"买我的毛笔,问这个话就是笑话了。你只要看毛锋的好坏,选你最喜欢的——笔头里面没有孱弱的毛,没有掺杂棉麻,怎么会分叉呢!"说着顺势把笔往水里一蘸,递到客人手上:"你写字。"客人写几个字,老吕说:"你再往下捺,再往下捺,看分叉不?看毛笔好坏,更重要的是看它提笔能回弹不,你抬腕,看笔头回来了吗?"客人说:"回来了,回来了!"老吕这才笑起来,再散几支,"你仔细挑"。

客人挑完付钱。老吕扯一张牛皮纸,把笔正中对齐码放,再取一支小楷笔、一支柳条笔放进去,说:"这是送你的。"三几折包,皮筋一套,好了,递到客人手里。这个过程里,老吕把自己做笔的艺术无限延展,浸润在自信的语言里,弥散在毛笔的每一个部件里,传递给每一位买主。客人握在手里,仿佛可以看见那些即将写出的婉转翻舞的毛笔字,笔尖沁透着老吕深深的虔诚和祝福。

正月里只卖不做。年过完,老吕把桑木扁担往肩上一扛,货篮子往上一搭,去县城赶集。瞅着一处空地,铺一张塑料布,一边儿放货篮,一边儿放一只水瓶,自己往后面一坐。不用吆喝,一会儿消息便传开了,年上没来得及去村里买的,都赶到摊子上来了。

因为供不应求,老吕就逼着四个儿子做自己的徒弟。老大会了;老二村里事忙完了,学,会了;老三乡上的事做完,学,会了;只有老四在县上工作,没时间舞弄这个。

还是供不应求，老吕又开始对外招徒弟，慢慢地，徒弟有了七八个。有的徒弟学成归乡，在自己的家乡也靠这门手艺养活一家人，同时向一方人传递做毛笔的艺术。

老吕成了朱刘村的名人，成了县里的名人，在汉中地区也有了名气。钱款回笼，除养活一个大家庭，老吕开始置买土地。到全国解放的时候，他已经买了近二百亩地。

在那个时代，老吕是手艺人的缩影。他是没有被命名的乡村艺术家，德艺双馨。手艺人的金牌是佣徒和用户的口碑。

二

老吕过世之后，父亲继承了他的手艺。

腊月农闲，父亲做完了大队的账目，就搬出小方桌，置于门旁敞亮处做毛笔。"一支毛笔，工序一百一"。买皮子，鞣皮，剪毛，铲管，装栽笔头，管上刻上字号。

父亲将羊毛放到牛骨排板上，一次次墩整，等到毛根再无参差，一排排摁平，再举到日头下检视。轻轻从一头卷起，卷成圆锥，立在草灰堆成的坪上，等待下一道工序。

柳州一带采用现代工艺，机器参与度高，笔杆制作简洁漂亮。但因为批量生产，笔头质量较差，一些买了的书家，会把笔头摇掉，请父亲为之配上笔头。父亲总是精心制作，梳、整、墩、捆、扎、晒、紧、胶、合、捻、再合、再胶，最后完美地用松香把笔头镶嵌在管头里。后来，为了毛笔更好看，父亲也从柳州购笔杆、笔碗、笔帽、笔骨盖，但笔头的制作，从鞣皮到成型，一直亲力亲为，毫不放松。父亲继承了老吕的严谨厚道，产品不掺假，价格公道。对来买的人，临走，总是拿一支柳条笔，作为赠送。后来他被县上列为非物质文化遗产传承人。

三

父亲是老吕的直接受益者。当我还在孩提的时候，父亲就已随老吕做笔。父亲说："你看这毛笔，就跟做人一样，你在一个环节做了假，它就会在另一个地方把假还给你。你以为毛笔不会说话？当它蘸了墨，写出字，每一个笔画都是你的德行和态度。"父亲在梳毛的时候，仔细地把秃锋毛一根一根挑出来，捆扎笔头的时候，总是紧了又紧，等到晾干整过，又一次一次把蜡绳调整到恰到好处——太松容易脱毛，太紧容易散锋。

在端详父亲沉浸工作的样子时，我心里总是闪过老吕的样子。在一只只笔头的制作中，梳子与毛摩擦，发出"咕叽咕叽"的声音，一咕叽就是半晌，这是专注；在铲笔帽时，一铲子穿过虎口，鲜血滴落在鞋面，老吕拔出铲子，手扎进石灰，石灰在创口绣成一个暗红色的圆球，这是坚强；在矫正笔杆的过程中，老吕一直哼着秦腔，手里捡起一根竹管，往矫正器里一插一压，一松一转，再一压一抽，"噌"，往大簸箕里一扔，再矫正下一根。那竹管之间"噌零零"的碰撞声，成为老吕哼唱的秦腔最明快的音符，这是乐趣。

老吕心善。村里有个朱先生，书法很好，学校大门两侧"为中华之崛起而读书，应个人之成才去努力"的校铭是他写的。他在老吕仙逝之后，为老吕精心写了长篇四言祭文，历数老吕行善积德之举。如：谁家修房上梁，都会在份子钱之外，送几枚铜钱和毛笔，以供悬梁吉祥；每次赶集回来，会买些糖果小吃散给小孩子，从不跟人吵嘴红脸，从不欺瞒搬弄是非；甚至提到，老吕从身上捉一只虱子，也不忍心踱死，而是掷于尘埃。

老吕不曾有过浪费。老吕的子女曾经为一件事情大惑不解。老吕闲暇出门转悠，会把玉米棒子上柔软的包叶摘下来，仔细地将顺收集起来。破烂的牛皮纸也不扔进灶膛作为引火之物。后来有人在茅厕发现了这些东西。老吕说，咱们都是穷人，要珍惜，物尽其用。他有买地的钱，却不舍得购买一卷卫生纸。

老吕还很坚韧。在他晚年时，腿摔折了，他竟然没有住院治疗。他手上在劳作，腿上钻心地疼，告诉四子，回家时给他捎些散酒，疼了就喝几口白酒。在他跟前，只能听到有滋有味的秦腔，听不到半句呻吟叫苦。就是在离世的时候，老吕也走得无声无息，只留下那些梳毛的咕叽咕叽声在后人记忆里，永不磨灭。

父亲像极了老吕。他会像老吕一样给客人介绍毛笔的好坏，给客人提供试用的水瓶和桌板，赠送小楷笔和柳条笔，给客人用牛皮纸和橡皮筋包裹起来。去县城赶集，父亲也是席地一坐，把货篮和水瓶置于塑料布上，既不和人抢地盘，也不吆喝，保持着与老吕一样的良善和职业尊严。区别是，老吕穿长衫，多数钱款置买了土地；父亲着短褂，把所有存款分给了子女。

"家富了，国也就强了。"父亲说。

晚年因为哮喘，父亲已经铲不动笔杆笔碗，但仍要在手上裹上布片，顶在那张方桌角，一铲一铲，把一支支笔杆铲出来。他托人进羊皮，进鸡毛、黄鼠狼毛，进猪鬃、马鬃，制成大柳条、小柳条笔。年终，拿出算盘，把卖得的钱算清，整理好交给母亲。他制作了一个特大号抓笔，别人出三百元也不卖，悬挂在放笔的柜顶里，作为送给我这个半吊子文化人的礼物。他拿出自己晚年做的毛笔，颤颤巍巍地艰难地在笔管上刻上"万明堂"的字号，涂上朱丹，捆上烟叶，包裹在一起，说这样防虫咬，留给尚在上小学的孙子。

老吕和父亲虽然用毛笔换钱、养家，说到底还是不愿做一个商人。现在我的周围全是商人，能不能经商、有没有德行都去开店。很多商人眼里只有钱。老吕和徒弟们做商人，手上是产品，心里装着人，看见"万明堂"，就看见了老吕、看见了父亲，就见到了乡村的道德与仁义。

父亲做毛笔的时候，应该早已在心里把自己和师父进行了无数次的比对，就像我把他和老吕做着无数次的比对一样吧。我在怀想"万明堂"的时候，也总是把一个家族联系在一起。老吕有四个儿子，三个儿子继承了他的衣钵，只有四子走得匆忙。我想老吕这个最小的儿子如果还在，退休之后，想必也会忆起年少时的耳濡目染，重新捡拾起父亲的手艺吧！

四

冬闲我回老家，戴着硕大花镜的三叔拿着牛骨梳，把瓦盆敲得叮叮当当响。三叔七十多岁了，退休十几年，他的虎口已经被 U 形铲磨刻得薄而透亮。那只盛装石灰水的瓦盆用铁丝缠捆，后来又加了几道铜箍。我们这些子侄辈回来，走时他总要塞给我们几支毛笔。兴致高时他也会铺了案子，在宣纸上写字。那一刻，周围挤满了大人小孩，大家屏气敛神，看毛笔在纸上闪转腾挪，笔杆上"万明堂"的金字亮闪闪地晃人眼。

三叔现在名列非物质文化遗产传承人名录，他的字挂在众多人家里。

三叔已老，艺术仍未老。

桌子

榆木桌子，榫卯结构，一庹长。

因为姊妹多、地方小，我幼年时，它和谷仓一样，是我的床。半夜一骨碌掉到地上，迷迷糊糊爬上去，继续做美梦；白天就是没有弹簧的蹦蹦床，在上面踩出吱呀吱呀的闷叫声。待从学校领了书本回来，它才恢复正途。我趴在上面写作业，涂水彩，和伙伴们搬一团泥巴制作玩具，你捏一个撒尿的，指着满脸泥巴的他说，"是你"；他捏两个大人说，"我把爸爸妈妈的鼻子揉歪了"。

桌子的面儿油亮亮的，像一面黑镜子。父亲说，这是生漆漆的。生漆毒性大，上漆面要冒很大风险。但趴在上面时，你对它笑，它对你笑，只有美。漆匠已经把危险抹掉了。

我很好奇，这桌子经我在上面跳腾、摇晃了六年，漆面簇新，还能让我稳稳地趴在上面写写画画，纹丝不动。这绝不是背靠墙的功劳。父亲说："榆木看着笨，但它实在。"桌子的稳当源于木头的瓷实。

榆木是落叶乔木，生长缓慢。饥饿岁月里，榆钱早早被撸走了，更紧的时节，连它的树皮都被剥掉吃了。它虽顽强地活了下来，却长得更缓慢了。那一年，实在没有皮可剥，椿树、苦楝树、白杨树活了下来，它没再能挺过来。父亲花了一天的工夫把它伐倒，树枝树根劈成柴，树干做成板。又经过木匠的锛刨锯凿，就有了我的书桌。透过漆面，现在依然能闻到父亲伐木时的汗味，听到摘榆钱我们饥肠辘辘时肚子发出的声音。

有这张桌子是幸运的。它够宽够长，所有作业都能摊得下。在光亮的桌面上，可以看见闰土在夜月下刺猹，听到鲁迅见到他时他迟钝而胆怯地叫的那一声"老爷"；可以看见红军战士蹬着草鞋，踩过泥泞，向乌蒙、云岭奔走，走着走着倒在雪山之巅。

记忆中周朴园也用过这样的桌子。他先是靠着桌子叫繁漪去吃药，后来他拍着桌子质问鲁侍萍："你来干什么？"这个家庭后来死的死、疯的疯，那张桌子也应该随周朴园焚烧成灰，归于尘土。爱丽丝小时候去仙境，对疯帽子说："我喜欢你。"疯帽子问为什么，爱丽丝说："因为乌鸦像桌子。"在爱丽丝看来，将乌鸦的背和头部拉平，不就是一张桌子吗？乌鸦的脚恰就是桌子腿。周朴园的桌子是实用的，爱丽丝的桌子是没有道理的。就像我经常在作业与课外书的世界里游走一样，生活通过一张桌子交替出不同的颜色。

桌子有时是饭桌。春节大宴宾朋，一张餐桌怎么能够呢？此时桌子被从卧室挪到了客厅。远道而来的客人围坐在桌前，一碗苞谷酒开启一场丰收的酒宴。你听，觥筹交错，碗筷叮当，笑语盈盈。

客人散去，晚上兀自趴在桌上支着头看月亮。夜里清凉凉的，月轮亮晶晶的，把人映照在桌面上。慢慢地，魂魄升腾起来，跑进了广寒宫去逗那只兔子。那时节，天地都静下来，我的心也沉静地落了地。于是铺开纸写几行字，不管自己满不满意，不管别人爱是不爱，把白天喧闹出来的虚空填上，这样才踏实。

如我一样，不管是皇亲国戚还是黎民百姓，都有一张桌子可以依靠。汉武帝坐在朝堂上，派张骞出使西域，那张通关文牒是桌子上签写的；司马迁皇皇巨著《史记》，是俯身案几书就的；老百姓劳作累了，是靠着凳腿桌角将息精神的。在黄河流域中游的晋南一带，有一种古老的戏曲剧种叫"桌子戏"，已有五百多年的历史。一班艺人围着桌子吹拉弹唱，弘扬诚、信、善、贤。为了让"桌子戏"发扬光大，临猗县文化馆在原有表现形式中加入新的艺术元素，编排了新剧《黄河一声喊》，其粗犷豪迈不输华阴老腔。"他大舅他二舅都是他舅，高桌子低板凳都是木头。"一句戏词，讲明了桌子的功用，道尽了生活的本质。

　　家里要盖新房了，拆的拆、扔的扔。父母走了，使用几十年的桌子也平添了风尘，漆面斑驳了，腿脚松动了。还是做它的木匠师傅，把桌面的灰擦了，榫卯里又加了新楔，找块布遮盖好，小心地置于房子一角。"少有人用榆木做桌，木质太密实了，凿一个孔洞要花几倍的力气。这是我做的最后一张桌子，也是最难的一张。"木匠师傅说。桌子上很多地方的木色发白，就像木匠师傅的头发。但它脱落了漆皮、桌斗，却脱落不了记忆。父母的辛苦刻在它的纹路里，我的成长渗透在它吱吱呀呀的摇唱里，晚辈也曾敲打过它、磕碰过它，那些顽皮可爱镶嵌在它或深或浅的洞卯里，流淌在木匠师傅的工艺中。

　　我又准备了一些铁钉、木板，打算为它做两个新抽屉，继续盛放那些生生不息的朴素日子。

妈妈的三轮车

您没看错。刚会说话，就叫"妈妈"；稍微大点儿，疯跑了一天，进门就喊，"妈，我饿死了"；再大些，回家说，"妈，我给你把儿媳妇领回来了"；再过些年，到了那边，母子又相见，还会说，"妈，我回来了"。

不叫"母亲"，就叫"妈"，叫"妈"亲热。

一

秦岭是我和妈妈的分界线。翻过秦岭，就能见到妈。每年过年，第一件事就是看秦岭雪封了没。没封，人疯，风一样往回跑；封了，人疯，希望像风一样飘过秦岭去。山那边有妈，有妈就有驻魂的定海神针。

偶然一年，喊过一声妈，妈没在屋里，迎接我的是一辆三轮车。窄窄的车兜，下面压着两条细细的轮胎，弯弯的车把，上面扣着一个手拨会响的铃铛。一只更小些的轮胎连在车把下的叉架上。车身上红黑相间的油漆，在阳光下漾着和蔼的笑容。

进屋放下东西，妈就回来了。手里掬着一捧葱，已经剥净了，白的葱白，绿的葱叶，香味窜鼻。妈笑吟吟地说："浆水菜切好了，就等你回来炒了下面呢。"

我说："谁家的三轮车？"妈说："你哥给我买的。骑了半年了，好得很。"

正说着，哥哥嫂嫂一家也开车回来了。面包车大，装四口人，还拉了各种水果和家用。

哥哥做生意，进城了，妈和大住乡里。哥哥说："大、妈年龄大了，我们忙，不能天天回来，有个轻重的活儿，用三轮车比肩挑手提强。"

妈说："是哦，现在打猪草、推磨子、压面，都得靠它。想进城了，你大坐车斗，我骑上就走了。"

妈患有骨质增生，腰腿脚胳膊没有地方不疼的。听大姐说，常常疼得整晚睡不着觉。实在困得迷糊下，醒来床单都被汗打湿了。

但地里的庄稼不管人的疼，该浇水要浇水，该锄草要锄草，该收割要收割。大有哮喘，走不动了，干不了重活儿。妈的身子骨儿再疼，这些活儿也要从手里过。有了这车，当然轻松好多。

"轻松啥？你看进个城，小小的坡，骑过去，你衣服里面往外冒热气。"大斜了妈一眼。妈回说："你坐你的车，我骑我的车，你想进城，总不能不叫你去吧。"

哎哎，年轻的时候，大骑自行车带着妈逛城，现在妈骑三轮车载着大逛城，他们以载着对方为荣。都美着呢。

二

大坐在灶头烧火，妈在案板前扯面。双手一撧一拉，两根又宽又薄的面条哧溜入锅。煮，捞，拌，美味的一碗浆水扯面！

最后两碗是大和妈的。

农村和城市最大的相同点，就是不论何时，大和妈总是最忙的，吃饭又是最后的。他们生怕子女吃不饱、吃不好。这都是三年困难时期的后遗症吧。

吃饱了，油嘴一抹，我逗侄子："来，咱玩三轮车。"侄子说："我不玩。"我问："为啥？"他说："要是把车弄坏了，婆会骂我。"哥哥告诉我，有次侄子骑车，硬要叫大坐上。大上去，才跑了两圈，车倒了，把大摔了下来，幸亏没啥事。妈就骂侄子："你想要你爷的命啊？"侄子说："我骑会了，我带爷婆俩，婆你就不用湿衣服了。"妈说："就你那碎怂腰，还能带两人，哼！"

我说："你不骑，我骑。"

把三轮车摆正，助跑起来，一偏腿，上座。可是没蹬呢，车头就偏向一边，越想把它扭正，越偏得厉害，最后就在原地转起圈子来。

我连连喊："车坏了！车坏了！"一家人都大笑起来。

妈说："这不是骑自行车。你看这样！"妈把车停稳，双手扶把，稳稳地坐上去，脚一蹬，车子直直往前走去。大说："开始跟你一样，练了半个月，才会骑了。"妈转个弯回来，争辩说："练了两天，就拉一袋谷子去打米了好吧。"

那些年，妈是生产队的劳动模范。现在包产到户了，有了三轮车帮忙，妈更是不愿闲着了。劳动光荣。

三

岁月就是杀人的刀。又是一年，我打算翻秦岭回家。电话那头，妈说："下车你别麻烦你哥了，我去城里接你。"哥哥生意越来越好，面包车换了小汽车。每次不管有多忙，都是哥哥来车站接我回家。

我说："不用，就是哥哥有事走不开，我也可以打车回去。"心想，也好，妈来接我，我就蹬着三轮车带妈回家。小时候学自行车，大在车后架上绑上扁担，大、妈轮流扶着帮我练，学会了，骑着车子上学下学，在大场里和伙伴们大撒把弯弓射箭，但我从小到大却很少有机会带着大、妈去逛城。今天我就带着妈在城里转转街。

下了车，果然看见妈站在车站出口处。我四下瞅，却没见着她的三轮车。

妈抬手指指外面一辆电动三轮车，说："就是那个。"原来，哥哥眼见妈力气越来越小，但又闲不下来，就把人力三轮车换成了电动三轮车。妈要带着我，我说："我要骑，我想去店里先看看哥哥。"妈说："去看你哥行；但你对车不熟，你骑，不行。"拗不过，就让妈带着，往哥哥店里去。妈的白头发更多了，随风在寒冷中飘舞。衣服是新的——为了迎接我，特意换的。裤腿有些短，也许因为腿越发地呈 O 形，也许因为骑车，袜子和裤管处有一寸的距离，就裸露在冬天的阳光里，泛着淡淡的白。

但妈毫不在意，就这么骄傲地骑着，载着我这个她引以为傲的从农村走出去的儿子，这个有了老婆孩子却常年不能孝敬她的儿子。此刻，她心里的暖，可以暖和一个冬天，暖和整个世界。

四

如果世界上只剩下我和妈，让我选择，我宁愿只要妈。但是，这世界有时候真的很残酷。

如果中国没有秦岭，世界会冷酷许多，也可能美好许多。

总之，我必须得说，在心底里，我无数次地诅咒过秦岭。这和它是中国重要的地理分界线毫不相干，但和我与妈密切相关。

就是它，让我失去与亲人最后见面的机会，无法再聆听那世上温柔的召唤，我就是有再大的嗓门儿，自己的呼喊妈妈也听不见了。

二姐说，快回来！

大姐说，快回来！

三姐说，快回来！

可是我不是风，即使我疯了。

大病了，妈本可以打个电话，让哥哥开车把大送到医院。但是，妈骑着三轮车，带着大进了城，因为她想着，这是电动三轮车，不用她费劲。

去就去了，可是去了才发现，走得急，忘拿钱。于是折返回家。取上钱，骑车，转弯，就在这当口，一辆载着四个人的摩托撞过来！

我的妈，我的妈，就这样翻滚到地上。二姐闻讯赶过去，把妈抱在怀里。妈说："我头疼。"

这是妈留给我们的最后一句话。

秦岭，请你记住这句话，我妈说"我头疼"。不，我妈脚疼，腿疼，腰疼，胃疼，肩背疼，脖子疼，胳膊疼，最后才是头疼！

但就是这样，去年，妈还告诉我："你看，奇怪，好几年不见了的奶头，又长上来了。"

妈浑身疼，她都能让身体慢慢恢复过来，为什么，你秦岭不能让我再听妈说一句话！

五

三轮车一直放在城里，哥哥每天要从旁边走过。过了一阵，哥哥和我商量，把车卖了吧。

我能理解哥哥的心情，虽然我知道这是妈钟爱的帮手。但于我们而言，这也是一件残酷的遗物。它几乎见证了妈勤苦善良的后半生。我们都有了汽车，有了新房，有了事业和积蓄，但是这些都没能给妈一个清闲、安逸的晚年。只有三轮车为她减轻了生活的重担，和她风雨相伴、朝夕与共。

我原来一直弄不明白，哥哥有车，又近在咫尺，妈为什么不坐，总是说自己会晕车。买袋化肥，哥哥完全可以顺便捎回去，但妈非要自己骑车去买、去拉。有一次，妈骑车进城买肥料，一袋化肥十四块五，妈硬是要讲价："十四块行不行""十四块一行不行""十四块二行不行"……最后，商家受不了了，十四块三卖掉。但妈还是流了一次泪。原来，那天她身上只有十五块一毛钱。妈早上起来忙地里的活儿，想到下午请人犁地要用肥料，又赶紧骑车去城里，又饿又渴。如果以低于十四块一买肥料，她可以有一块钱买瓶水喝。

但是妈没有做到。她没有向在城里的三个子女开口，一怕打搅了子女，二怕自己沾满泥土的衣裳让别人笑话，给子女丢脸。

冬天，妈总是把子女、客人往炭火旁让，自己圪蹴在一帘之隔的门口，任冷风吹；夏天，只要有人，妈就会立即从风扇前面让开，把凉风送给别人。

妈说："苦，苦不死人；亏，亏不死人。但害人，能把人害死。"妈也有缺点。但妈好吃的叫人抢过，所有能吃不能吃的亏吃过，为了家庭、家族荣耀忍辱负重过，妈的缺点那就不叫缺点，那是脾气和品性。三轮车里装的，满满都是！

二〇一一年正月十二，母亲离世；二〇一五年四月一日，父亲也走了。我成了孤儿。

至今我没有把已经归去的大、妈的照片挂上，因为没有多少文化的他们，让我这个文化人满心惭愧。也因为，每当闭上眼睛，大、妈就会向我走来，他们的音容笑貌仍历历在目。还有那辆我没有学会骑的三轮车，一直在原地打转。

人一出生就已开始送别。终归有一天，翻过秦岭，我会再见到妈，再见到大。我会高兴地、大声地、自豪地喊："妈，我回来了！"

跪着

我不明白羊为什么是跪着的，它一直是跪着的。羊文化博物馆内外，大大小小的石羊、铜羊、金羊，无一例外。

年末因为工作关系，我在陕北待了半个月，所到之处，餐餐有肉，不是羊头、羊腿、羊肚，就是羊排、羊蹄、羊杂碎。最让人吃不下去的是羊眼睛。餐馆主人端上来一个大盘子，两边的装饰是羊角，中间是羊头骨，羊脑髓熟了，在揭开的头盖骨缝里颤颤巍巍。羊嘴前面，摆放的是那对眼珠子，圆圆地睁着，安静而无力地看着筷子。陕北有羊肉宴，据说有一百多道菜，均是以羊为主材。有句玩笑话是这么说的，"人到陕北，不会醒着出去；羊到陕北，不会活着出去"。吃羊肉喝酒暖和身体，与陕北人的剽悍基因有关，更与北方的风土气候密切相连。

不单陕北，整个北方大致如此。

羊毛制成了毛笔，羊皮做了皮袄、皮鞋，羊肉成了美餐，羊粪肥壮了庄稼，羊为人类奉献了一切，但几乎所有的羊雕，都是跪着的。

我一点也不理解。

参观西安市羊文化博物馆时，那一尊尊慈祥跪乳的雕塑让我猛然想起母亲。

母亲拉扯我们姊妹五个长大。父亲忙外面的事，母亲操劳我们上学、吃饭、穿衣。但二十世纪六七十年代，背太阳顶星星忙一天，家家都是填不饱肚子，衣暖不了身。母亲因此多了一项任务：扯草喂猪。一头猪可以解决过年的待客问题，也能换点柴米油盐的零花。

但喂肥一头猪谈何容易。苜蓿梢人吃了，根根蔓蔓要喂生产队的牛。分田到户后，家家都喂猪养牛羊，田埂上的草是各家争抢的宝贝。母亲总是做好了饭，在我们吃饭时，挎上竹笼去寻猪草——那时田野地头抢草的人最少。

记得一次，母亲扯了一笼猪草回来，不像往常端那碗早已凉了的饭，而是挑了一对大竹笼又匆匆出去了。

久等不见，我随父亲出去找。终于在一片刺林找到了母亲。一片一人多高的野刺荆围住了一片地，里面长着茂密的青草，母亲正在里面挥汗如雨。

"你怎么进去的？"我迷惑地问。刺荆密实，参差交错，靠近都成问题，稍不留神就会皮破血流，更不要说挤进去，所以少有人去冒险。

母亲不回答，只说"接着"，把一抱一抱的草从里面扔出来、扔出来，满满装了两大笼。父亲挑着担，我背了一小捆，母亲背上还驮了一座草山。

母亲扒拉饭的时候，不知何时从凳子上溜下来睡着了，饭碗紧扣在掌心，双腿蜷在身下——活脱脱博物馆里羊雕塑的模样。

多少年过去了，母亲蜷腿端碗睡着的样子，一直雕刻在我心里。

有一首诗说：

狼吃了羊，羊吃了草。

狼和羊死了埋进土里，
土里长出一棵草。
狼和羊都在草里。

母亲已走了多年，也在草里。

乡人

在历史的无字碑上，和芸芸众生一样，我的父老乡亲，也在里面，随草木荣枯。

毛孩

种庄稼是农人的营生，养牛是毛孩的生活。别人拣一处茂盛的草地，把牛拴在木桩上，就去干活儿了。毛孩不拴牛，他跟在牛后边。牛嚓嚓地把草卷住咬断，送进胃里，他给牛一遍又一遍提醒，那撮草又长又密，这撮草又嫩又香，先把它们吃了。

大概是出生的时候就有兆头，脸色黝黑，汗毛浓密，就取了"毛孩"这个名字。在小学中段，这个特点更加明显，绒绒的络腮胡已经蔓延在两腮。上嘴唇与鼻沟间，黑色的毛发倔强地占领这狭窄的空间。如果在夏天，水田里插秧，卷起裤腿，他衣服之外的地方，无不是密实的汗毛——除了手掌、脚掌。做他同学近十年，真的只知道他的这个名字，大名从来未曾记住。

书包放下，毛孩就去牵牛。牛黄色的毛，缎子似的，闪着光泽。随着四肢活动，牛毛变换着地方闪亮。毛孩说："走，伙计，到河边去，河堤上的毛线草拔节了，甜丝丝的；芨芨草两寸高了，你一舌头刚好卷住；狗尾巴草还没长全乎，过一阵子吃。"黄牛反刍着，嘴巴一咬一磨，像是回应。

牛在河堤吃草，毛孩拿一把镰刀，去有水洼的地方割草。一会儿搂一抱嫩草，扔在黄牛嘴下。"你看你咋吃草哩，把草根都拔出来了！不下雨，草根死了，你还能有啥吃的？打你个不听话的。"毛孩把手举起来，高高的镰刀在阳光下亮出刃光。牛欢快地把草送进喉咙，吞进胃里，身子鼓胀成圆桶。它并不害怕，因为毛孩嘴里骂得厉害，但镰刀把子不会真的落在身上。毛孩家的牛鞭子是一条麻绳做的，一直挂在墙上，没有用过。

麦子收割后，要犁地，准备放水插秧。牛这时候最劳累。别人给牛套好犁具，拖着去地里。毛孩扛上铁铧犁，到地头才给黄牛套上。若是碰到一块石头，顶住了铧尖，毛孩左右晃着铧柄，舞蹈一般，躲过了石头，自己心里的石头也才能落地。天色擦黑，卸了套，牛走在前面，毛孩扛着铧犁跟在后面，锋利闪亮的犁尖在他后腰一寸的地方，像一星灯火。毛孩说："伙计，你今儿个累了，回去给你煮一锅豆子，拌上干铡草，香得很，你吃了早点睡，别胡骚情，明儿个还有一亩地，活儿重着呢。你听下没，打你！"

一次，黄牛病了，卧在牛圈里。毛孩把牛拉了几次，牛都不起来，头耷拉着。找来兽医，兽医说牛拉稀，感冒了。毛孩说："你不说我也看得见牛沟子（方言，屁股）不干净，给吃啥，咋叫牛赶紧起来？"兽医给开了药方子。毛孩拿大砂锅熬了草药，摇一把蒲扇，扇成半温，装进竹筒里，对黄牛说："伙计，我尝了，就是有点苦，你不喝，病好不了啊。"说着，把一只手迅速伸进牛嘴里，另一只手已经把竹筒里的药倒了进去。药汤顺着他的手臂，进了牛的喉咙。牛难受，扭着脖子。毛孩说："你就咬，你把我手咬断了。把我的感冒药都给你加了，你还能不好？你不好，看我不打你。"

现在，牛早卖掉了，毛孩在城里打工。估计见面我已经认不出他了吧。

猪娃爷

"爹，你要是不给我爷看病，我也不养活你。"孙子背着爷爷跟父亲说。

猪娃爷病好了，圪蹴在场边，铜烟锅在地上磕掉烟灰，又续上一锅。"这碎怂（方言，小孩子）还是爱我。"他的裤管已经卷到了膝盖，细瘦的小腿似乎只有一根骨头在撑着，在着地的刹那，一双露着脚趾头的半胶鞋把那截骨头接住，免得插到土里去。

猪娃爷家修了宽敞的两层半楼房。在陕南，两层楼住人，最顶的半层，一是用来隔热隔冷，二是用来放粮食、放柴草。这半层是乡人生活用品的展览馆。房修好后，猪娃爷跟儿子说："你们住一楼，孙子住二楼。"儿子说："你们（指猪娃爷夫妻）的房间也安顿在二楼。"猪娃爷说："都说好了，我们给你姨家看房去。"

姨家的房距离自家楼房二百米，是已经久居大城市的姨在村里的老宅子，房檐塌了半边。"房不住人烂得快，有烟火熏着，你姨一家回来就有落脚的地儿。"猪娃爷老两口把锅灶打扫了，搬了几捆稻草，老宅子里起了炊烟。

猪娃爷七十岁，猪娃婆六十八岁。猪娃婆早起，灶膛里塞几团稻草，烟从每一片青瓦的缝隙袅袅出来，猪娃爷就能端上一碗喷香的白米粥。

猪娃爷吃得最多的饭是米粥，或者是一碗机器挂面。下饭菜是从堂屋那口大缸里捞出来的浆水菜，有时凉拌，有时油炒。如果是周末，猪娃爷会起来得比较早，等我在场边瓜藤架子边刷牙的时候，他已经骑车从外面回来了。

周末孙子歇学，猪娃爷老两口会炖肉。猪娃爷把门槛抽掉，推出那辆用了十几年的二八飞鸽自行车。车轮断了的辐条，和好的辐条扭着缠在一起；车铃盖子早没有了，但拨动小锤的弹簧，还是可以碰出铃声；车链护板也不见了，一条循环的铁链，干巴巴地连接着大小两个轮盘；两个轮盘转动起两个没有泥块的车轱辘。猪娃爷推着车子跑几步，把身子甩上车座，手紧紧握住没有了车刹的把柄。车子晃晃悠悠地飘向镇上。

虽然东倒西歪，猪娃爷却从没在越来越密集的车流里出事。他躲着各种车辆，各种车辆也给了自行车足够的重视。到了镇上，他把自行车往路边的树上一靠，嘴里叼上烟锅，手背在身后，裤管卷着，笑眯眯地去肉摊子买肉。"就要这疙瘩，肉瓷实。"猪娃爷指着蹄包部位，眼睛盯着师傅下刀。"你咋割的？把肥膘去了，我孙子吃的，就要纯瘦的！"这时候，猪娃爷一脸严肃，等到瘦肉拴上绳，沉甸甸提在了手上，脸上才又恢复了笑眯眯的样子。回到车边的这一段路上，猪娃爷会反复地观察这一吊肉，直到完全确认真没被师傅偷摸夹杂半星儿肥膘或者骨头渣渣才放下心来。

他歪歪扭扭地骑上车子，挂在车头的肉甩来荡去，使车子越发扭得厉害。回到场边，在车子要倒的时候，猪娃爷慌忙地跳下来，随着车子跑一段，把自己和车子稳住，这时候车子往往已经"咣"地撞到墙上了。"车好骑得很，就是这肉越来越没筋道了。"猪娃爷把肉往老婆子手里一塞，"煮好，别放菜，孙子一会儿就过来了。"自己则圪蹴下来，沟子搁在脚后跟上，裤管子卷着，喘气，吃烟。

孙子又一次把猪娃爷背着，哭着向正在发动汽车的父亲喊："爹，你要是不给我爷看病，我也不养活你。"那一次，猪娃爷走了。他的自行车靠在老宅子墙根，很长一段时间，猪娃婆靠着它晒太阳、打瞌睡。

狗娃舅

虽然在县城做生意，但还是乡人，名字就是证据。

狗娃舅刚开始卖衣服；后来转卖了衣服店，喂鸽子；再后来，写字。

狗娃舅在喂鸽子期间，经常骑摩托车到处跑，甚至带着鸽子到几千里外的地方放鸽子。有一次骑摩托上坡，到坡顶，车子没油了，停住倒下，把腿压骨折了。摩托换成了三轮车。他对表姐说："你可以要了我的命，但你不能收了我的三轮车。"表姐说："那你到哪里去，我陪着你。"这样，狗娃舅到哪去，表姐就坐在三轮车厢里，押车。

狗娃舅写隶书。因为在省城工作，和晚年的狗娃舅接触不多，但我知道舅写字。他写字比喂鸽子更上心。有一次表姐加了我的微信，说："有一幅字，你看能给发表不？"虽然我不太懂书法，但还是清晰地判定，发不了。怎么说呢，狗娃舅的字尚属初学阶段，即使舅已经自学写字十几年了。

纸铺在桌上，墨蘸匀了，狗娃舅的毛笔运作起来。"风声雨声读书声，声声入耳；家事国事天下事，事事关心。"他的书法里，有他的过往，也有他的眼下。隶书的好处是，平稳。横平，坡度不大；竖直，敦厚持重。

母亲去世后，狗娃舅卷了笔墨纸张，骑着三轮早早来了。母亲和狗娃舅是堂姐弟，家庭原因，母亲年少时带过狗娃舅很长时间。他挑选好了给母亲的挽联。搬了桌子在场边，铺纸，裁纸，研墨，恭恭敬敬地书写了好几副挽联，又搬来梯子，张贴到要张贴的位置。别人要帮忙，他都拒绝了。"我要为姐做点事。"他说。白天，他连着在桌边站了好几天，给亲朋送来的花圈写挽言，直到丧葬仪式结束。晚上，他跪在母亲遗像前，给母亲点香焚纸。

父亲对狗娃舅是有怨言的。父亲年迈，一直要住在哥哥家。我们希望他能在子女家轮流住住，减轻哥嫂的负担。狗娃舅依着我们的意思劝慰父亲，被父亲骂了好多次。狗娃舅会定期来到父亲住的房子看望父亲，偶尔也会在屋外听到父亲对他的不满。但直到父亲不在了，狗娃舅也没有说过父亲一个不字。父亲过世后，狗娃舅再次骑上三轮车，载着他的笔墨纸砚和表姐，早早回到乡里，守在丧葬仪式的现场。那时，他也过了古稀之龄。

我还是很喜欢狗娃舅的隶书的，那些字装裱起来，挂在墙上，也并不难看。如果在乡里，可以挂在客厅里迎客，其实这些字，确实也悬挂在很多家庭的客厅里。听表姐说，只要张口，狗娃舅都会展开宣纸，恭恭敬敬地给来人写，不收分文。

我一直没敢开口问狗娃舅要字。我接触过许多书画家，也藏有一些字画，但比较起来，觉得狗娃舅的字更适合驻在心里，无价的东西不都是这样吗？

在舅母得了老年痴呆（阿尔茨海默病）后，狗娃舅卖掉了自己的电动三轮车，拄上了一条拐棍。在舅母床边，他写字更勤奋了。

红叔

在我的农村老家，有这么一种说法，如果不会打架，就不是合格的农村男人。红叔是合格的，他可以以一挑四。拉麦的车子把场边碾了一道辙，会打一架；檐沟的水淋到了山墙，会抡板凳；男人在媳妇跟前挑逗，那得扛着棍子，打到对方抱头鼠窜为止。"我的地界，谁家的狗都不能撒野。"

年轻时候，红叔还没有娶媳妇，打架最凶。一次他躺在椅子上边晒太阳边养伤的时候，一个逃荒的矮个四川女人到了村里。印象里，四川似乎多和灾难相连。先是不停地闹水灾或者旱灾，然后就是地震。许多灾民从四川出发，逃难到周边的湖南、湖北、陕西。他们有的直接捧碗乞讨，更多的是带着竹编手艺、漆活手艺、担担面手艺顺路流浪。流浪到村里的那个女人，以打零工为生，谁家有活儿就去，只要给口饭吃。

　　红叔是孤儿，守着两间破瓦房。青年的力气，除了播种收割，就是打架。女人对他并没有诱惑力，他的心思全在自家的地盘上，分厘必争。但村里人可不这么想。村里人说："野小子要有个让他收心的人，就像点豆腐，需要浆水汁。"大家撮合四川女人，照顾受伤的红叔。

　　一个受伤难以动弹，一个流浪无处可去。女人还是很感激乡人的好意。她住进红叔的房子。至于两个年轻人如何磨合，外人不太清楚。但很快，红叔房子里经常传出女人的哭声。

　　"你个穷鬼，我要你干啥？"红叔骂着的时候，手里往往有一根棍，女人在前面跑，男人在后面撵。见到村里人，女人会迅速躲在村人身后，紧紧抱住别人的手臂，瑟瑟发抖，从身后露出一双眼睛，惊恐地盯着红叔手里的棍。

　　"我要你干啥，嗯？"

　　"我给你做饭……"

　　"我要你干啥？"

　　"我给你缝衣裳……"

　　"我要你干啥？"

　　"我给你生娃……"

　　红叔的棍雨点般落下，在村人和女人的脚边一顿比画，当然也没有真的落在她们身上，只是起威慑作用。每一次敲击，都会敲击出女人许诺的一桩想完成的事项。村里人也被惹怒了："你打啥？她还是个碎娃

（方言，小孩子）！"红叔在村人的怒斥中，悻悻地把四川女人丢下。晚上，女人躲在村里人的房子，不敢回红叔的家，红叔也不找。村里人说："你回去，日子总要过的。"女人还是紧紧抱住别人的胳膊不放。村里人说："你回去，都这么晚了。"硬把她推出去，送到场边，对着屋里喊："红，你开门，不能再打啊！"女人战战兢兢，一步三回头地看着村里人，把脚趸进门缝里去。

第二天又是一场追打。

一天晚上，女人来我家，跟母亲说："哥哥嫂子，红哥听你们的话，请你们替我问问，红哥到底要我不？如果不要我，我就走了；如果要我，就把我缝的这件袄子收下。"棉袄针脚细密。母亲红了眼圈。父亲说："我明天问他去，他想要个啥仙女？"

虽然女人还是会挨打，但红叔最终还是收下了女人做的棉袄。在他再次拿着棍棒和别的男人追逐打架的时候，他的后面总是会跟着四川女人，边跑边哭，喊着救命。直到有一次，别人一棒打向红叔，女人冲上去，迎住了那一棒。女人瞬间倒地，额头的包眼看着由拇指大变成鸡蛋大，由黄色变红，再变成暗紫色。那包在矮小的女人头上，突兀而暴烈。

红叔后来不打架了，也不打四川女人了。有时他会骂女人，女人用四川方言叽里咕噜地辩解，不再战战兢兢。

过年我回村子，红叔已经有了孙子，他把孙子像端碗一样端在胳膊上，红叔头上扣着一顶黑色棉帽子。他到各家门口场边去拜年，暖和的阳光下，是红叔的影子，影子里的他，总怀抱着咿呀咿呀的孩子。不远处，会传来女人细长的喊叫："唉——红哥，饭好了，回来吃饭啊——"

瓜奶

随着走动，瓜奶的奶头一突一突跳着，把肥胖的身体鼓胀起来，像一座肉山。

"瓜"，是陕南方言，傻的意思，农村孩子的小名大都取得贱。虽然叫奶，只是因为她的辈分，其实瓜奶刚三十出头。我的记忆里，邻居瓜奶不穿内衣。冬天，一件棉袄，前胸是两坨蹦蹦跳的肉；夏天，一件背心，胸前是两坨蹦蹦跳的肉。

瓜奶命苦，父母早亡，与哥哥相依为命。哥哥嗓子有问题，一辈子未娶。瓜奶招了上门女婿，可身体不好，所有重活儿都是她的。

无论到哪里，瓜奶手里总是拿着一根竹秆。农村的房前屋后，不是树就是草。春夏秋，草木旺盛。屋前是一望无际的田野，收在青山脚下。因为暖湿，这些地方有蛇出没。在当年瓦顶竹棚的土木结构里，谁家的屋梁上没有垂下过几条蛇？瓜奶和大多数女人一样，怕长虫，偏偏她又每天起得早、回得迟。传说竹秆是蛇的舅舅，蛇急了会咬人，但害怕竹秆。竹秆一去，蛇就溜了。习惯成自然，冬天，草木败了，竹秆还在瓜奶手里。

瓜奶家的尿坑在屋后，绕过长长的房屋，只有一条道通向尿坑。这条道杂草丛生，偶尔可以看见蛇蜕，白白地飘在草尖上。瓜奶拿竹秆细细把道路敲打一遍，然后才会挑桶担尿浇地。她总是一口气把尿坑的尿水担完，免得再次敲打羊肠小道。

陕南种两季，一茬小麦，一茬水稻。小麦割倒，要在地里晒干，挑回家再脱粒。水稻脱粒后，稻草也要晒干，捆回去当柴火或者牛饲料。在翻晒这些的时候，瓜奶这只手翻，那只手里的竹秆已经伸到前面，先行敲打过。做这些时候，是当午最热时节，瓜奶在酷热和内心的惊吓里，贴着奶头的衣服总是汗淋淋的，然后把整身的衣服洇透。

因为丈夫身体不好，瓜奶不让他去地里，所有的活儿都是她干。她把地里的活儿都干完，回到家里，再把灶火边的柴草敲打一遍，然后生火做饭。有人问她："咋不叫丈夫干些家务呢？"瓜奶说："他没病没灾，我就能把活儿干完。他要是病了，家就塌了。"

有一年我回家，瓜奶没有迎出门招呼我。我坐定后母亲告诉我，瓜奶死了，不到四十岁，死于心肌梗死。

母亲说，毒辣辣的太阳，瓜奶去地里，不一会儿就传过来惨叫声。"啊——"就那么叫了一声。因为中午大家都躲在屋里乘凉，这么一声惨叫惊天动地，迅疾把大家拽到了田地里。瓜奶仰躺在稻草上，竹秆扔在距她两米外的地方。医生来的时候，瓜奶已经断气了。母亲去得最早，"你瓜奶说：'我喘不上气了。'"

瓜奶去世之前，瓜奶的哥哥就走了，也死于心肌梗死。那次瓜奶哭得很伤心。瓜奶给哥哥穿一层老衣，哭一场。等到入殓，嗓子已经放不了声了。丈夫说："你别哭了，哥哥走了，还有我，还有孩子。"瓜奶说："我哥比我苦啊，他连女人都没有尝过。"

我一直怀疑，心肌梗死只是结果。瓜奶的死应该和蛇有关。一条蛇在草下躲太阳，或者就是晒晕乎了，而翻草的瓜奶恰巧把它碰或抓到了手上。为什么没有这种可能呢？她鼓鼓囊囊的乳房里，装满的是这种恐惧，还有对生活的担忧。

墙根

"丛球管（方言，不管）。"这是墙根的口头禅，他的媳妇因此自由自在地疯着，在地里光明正大地偷菜。

墙根娶了个漂亮媳妇，这是村里人公认的。在孩子呱呱坠地的哭声里，人们发现墙根的媳妇疯了。墙根怀里裹着孩子，满村子追疯跑的媳妇。追着追着，墙根不追了：媳妇就是在村子里乱跑，从来不出村，晚上还知道回家去睡觉。大冬天，媳妇穿着墙根渔网一样的汗衫，把冰雪覆盖的白菜拔了一抱，回家煮着吃。村里人说："那是我家的菜。"墙根媳妇紫青的嘴唇一噘："都是地里长的，为啥就只能你吃，不准我吃？"

村里人跟墙根说："人心乱了才会疯，你赶紧给媳妇看病，娃还小，不能没妈照看。"墙根说："我没钱，尜球管。"墙根不是没钱，他的钱买了拖拉机。结婚花光了家里的积蓄，他得挣钱奔小康。泥巴地里产粮食，可是富不了。墙根东拼西凑借了钱，买了辆半新小四轮，起早贪黑，一趟趟去汉江拉沙石。拉一车沙石挣十几二十元，一半交了油钱，一半交了车的修理费，不多的利润还了账。别人家青壮年去打工，挣的是现钱，墙根挣的，很多是欠账。媳妇把他的渔网汗衫穿了，他就只能把父亲的老棉袄裹在身上，任小四轮带起的风在耳边呼啸。

村里起了一栋栋的新房，墙根心里有个豪壮的梦，自家也要把土墙换成砖墙。给别人家送砖，他一趟给自家捎百十块。一年下来，房檐下面摞了一面砖墙。通向家门口的土路轧坏了，雨天，四轮窝在里面出不来，他拉了沙石，把路垫平，顺便把村里的几条土路都垫了。

墙根忙得，手上老茧厚了一层又一层，棉花絮子飘挂在袄的破洞上。他没有时间给媳妇看病。

墙根铲满一车沙石，会坐下来抽烟。从口袋里摸出一张纸，烟袋里捏出烟丝，唾沫在纸上一抿，卷成喇叭形的纸烟。给别人拉沙石砖瓦，主人家往往会给他一包香烟。成包的香烟他揣在兜里。闲暇，他嘴里叼着纸烟，怀里抱着孩子去串门，兜里的香烟掏出来，散给别人。他自己只抽卷的烟。"没过滤嘴咋了？烟叶都是土里长的，尜球管。"

墙根其实是想了很多办法的，除了去医院。墙根说："医院能要穷人的命。"他把纸烟卷好，叼在嘴上，会去河边的草丛里瞅。汉江水养活着各种草，其中很多是草药。他拔了柴胡、石菖蒲、甘草、羊痫草、龙戟草，折了钩藤，回家在铁锅里熬。熬透了，自己一喝。干了一天活儿，自己没事，就又熬了逼着媳妇喝。如果送货见到主人家有天麻，他不要烟，会觍着脸要一两块天麻，"这东西泡酒喝"。他泡的不是酒，而是水，给媳妇喝。媳妇在太阳底下公开偷菜的时候，嘴里总是骂人的。她不骂别人，只骂墙根："你黑里（方言，晚上）害我，白里（方言，白天）也害我。"

孩子上了小学的时候，墙根要盖新房了。房顶揭掉，他抡起洋镐，去破满是蜜蜂洞眼的那面危墙，媳妇在他旁边也抡起了洋镐。墙根把媳妇的洋镐一把夺了："滚得远远的，这里有你啥事！"媳妇说："又砸不死个人，怂球管。"

墙根媳妇的病竟然好了。

那些小人物

2003 年，我去昆明出差，顺便去参观昆明世博园。因为工作完才去，到时已快闭馆，加之当时国内出现非典疫情，昆明也属疫区，园内游人很少。

人少有人少的好处。偌大的园区，各个展馆我想怎么看就怎么看，没有人挤人的烦恼和嘈杂，倒也清闲。春城的世博园，花的海洋，馆的世界，驰目骋怀，心旷神怡。

从一个展馆出来，漫步到了新疆馆。突然音乐就响了起来。不是那种大喇叭，而是手提录音机里放的卡带。浓郁的新疆风里，旋转出一位维吾尔族姑娘，在场馆前跳起新疆民族舞。

> 达坂城的石头硬又平啦，
> 西瓜呀大又甜呀，
> 那里来的姑娘辫子长啊，
> 两只眼睛真漂亮……

姑娘随着音乐翩翩起舞。她的脖子灵巧地扭动着，展示出新疆舞的独特与热情，眉目传韵，神情专注。

因为观众只有我一个，而我又是害羞的，经受不了新疆舞蹈的热情火辣，加之天色不早，还有很多场馆要看，就匆匆向旁边走去。我已经走出一段距离，即将进入另外一个场馆了，那音乐才停下来。回头望去，跳舞的姑娘，两手捏着裙摆，低首向我远远鞠了一躬，进馆去了。

原来她是驻新疆馆的接待人员。

十几年了，她那种不忽略、不敷衍每一位观众的认真深刻于我脑海，也让我为当年没有向她还礼而深深自责。

《一个人的朝圣》里有一个片段：教堂前，穿着脏兮兮的老人为陌生的人们表演舞蹈。不知不觉，观众只剩下了哈罗德一个人。老人跳完，丢下手中的毯子，微微鞠一躬，指尖轻轻扫了一下地面，他郑重地向哈罗德，他唯一的观众致谢。

面对唯一的观众，老人也没有慢待他的观众。

还有一件事。有一位朋友是电影导演，一次和他去看电影。电影画面结束，影厅灯光亮起来。大家站前身，熙熙攘攘地朝出口走去。我也站起来，座位椅面"哐当"一声落下去。朋友伸手把我一拉："坐下。"看看挤向门口的人流，我又重新坐了下来。片尾的音乐一直忧郁地响着，字幕一页一页地翻卷。直到银幕上什么也没有了，朋友才站起来说："这下看完了，咱们走。"

我笑他说："电影早完了，你看，只剩咱两个啦。"他很严肃地说："他们没看完，咱俩看完了。"

"你知道有多少人参与制作了这部电影吗？"他问我。

"导演，主演，编剧……"我漫不经心地回答。

"有名有姓的工作人员有三百五十八位。"他说。

我一下子惊奇起来。看电影，除了导演、男女主角、编剧等，谁还关注其他工作人员啊！

"是啊，大家都是这么看电影的。可是这些工作人员少一个，电影就有可能在某处出现瑕疵甚至断链。"他向我介绍了诸如场记、剧务、机械员、场工、勤杂等工作人员的职责和在电影制作中的重要作用。

对一部电影来说，导演、男女主角、编剧等的确不可缺少，但是其他工作人员，也是电影极其重要的组成部分。电影里露脸的就那几个人，而他们的背后，是一大群做着平凡工作的小人物。他们也是默默无名的英雄。"看完字幕，是对他们起码的尊重，不是吗？"朋友说。

何尝不是呢？在生活里，我们常常只看到了少数人表面的风光，却很少去关注风光背后的人和故事。没有这些小人物的敬业和专注，没有他们的平凡和付出，也就不会有伟大和美好诞生。

穿着西装去上课

岁月总是给我们留下美好回忆，这些美好总是和情怀紧密相连。

20世纪90年代，我考上了大学。那时，因为高考录取率很低，村里出一个大学生，那是光宗耀祖的大喜事。但我心里却并没有多少欢喜，反而有着很深的羞愧。

我和堂哥同岁，那年同时上了大学。堂哥被保送到西北农林学院（现西北农林科技大学），是省内一所一流大学，很多教授在国际上也赫赫有名。保送名单早早就公示公开，我们还在暑热里战天斗地，堂哥已经一身逍遥，完成每天的常规作业后，整天埋头看小说和《动物世界》。高考结束，我感觉自己考得很不理想，报志愿时把汉中师范学院（现陕西理工大学）放在首位，心想，死马当活马医吧。结果成绩公布后傻眼了，我的成绩够进陕西师范大学的。心里的那种沮丧、那种懊悔无以复加，但是又不能表现出来。一方面有堂哥"光宗耀祖"，一方面我们班里六十个学生，也才五个人上了本科。而我们村里当年仅考上两个大学生，还都在我们一个家族里，说自己不满意，别人不得拿"矫情"唾我啊。

到汉中师范学院报到后，心里的疙瘩在破旧的校园面前更加落寞。

其实落寞还有另外一层原因。我姊妹五个，家庭条件很差。父亲每学期给我凑够了学费和生活费，家里已经一贫如洗。其实那时的农村，又有几家经济宽裕呢？都是硬撑着对付生活。但我总觉得自己是最穷的那一个。流行的喇叭裤我没有，流行的尖头皮鞋我没有，流行的五四青年的围脖我也没有。高中赶时髦买过一件红衬衣，只有在重要节日里穿出来显摆一下。好一点的外套，都是哥哥穿旧了退下来的。哥哥正值青春，要说媳妇，没有像样的装扮那是万万不行的。大二的时候，我终于有了自己的皮鞋，还是哥哥退给我的。但凡有同学穿一身漂亮的衣服，我心里别提有多羡慕啊！可是，偷偷地瞄视一次，自卑就加重一次。在这种情况下，我总是自己扎进图书馆、阅览室，去找李白、杜甫对话，去和黑格尔、巴尔扎克交流。

终于有一天，一个要好的朋友拉住我，附在我耳朵边，告诉我一个重大的消息。

他说："我们有西装穿了。""什么，西装？我们连一件像样的外套都买不起呢！"他斩钉截铁地说："西装，真的！"

悄悄出了学校大门，穿过狭长拥挤的东关，像做贼一样，在确定没人发现后，我们溜进了一间办公室。穿制服，打领带，迎接我们的小伙子简直太帅了！他让我们紧张得脑门儿冒汗，话都不会说了。他明白我们的来意后，和气地说："你们看，那边挂着各种号码的，你们放心选。颜色也可以挑。"我们两个互相打着气，壮着胆，手里摩挲着厚实坚挺的布料，看一件爱一件，那都是一件一件笔挺笔挺的西装啊！屋里有几个模特儿，身上穿着这样的西装，气派得就像电视里来访的外国贵宾。

登记了学生证信息，我们一人穿走了一件西装。我似乎还不能相信这是真的。朋友说："我咋能骗你，这是伟志西装在搞推广活动，只要你穿伟志，不满意不要钱。"我说："咱们这是试穿，终究是要付钱的。"朋友哈哈大笑："我们可以今天试穿这件，明天试穿那件啊！"我恍然大悟。

这一天汉中风和日丽，鸟语啁啾，空气里弥漫着我们的笑声。

就这样，我们这周试穿这件，下周再试穿那件。这个月穿蓝色的，下个月换作黑色的。就这样，我们放心穿着笔挺的西装，去八里桥逛公园，结队去褒河吃鱼，昂着头去教室听老师滔滔不绝地讲课。

伟志真没有因为不间断地试穿而嫌恶我们，我们也真的穿了一个学期还没有"买到"一件适合自己的西装。伟志就这样走进了汉中师范学院的校园，走进了汉中的大街小巷。因为说到做到，诚信无二，伟志的品牌叫响了。

在那个物质贫瘠的年代，伟志满足了我们对幸福的最初向往。在工作多年之后，各种品牌的西装满大街地宣传。我落脚在省城，也有了自己的小事业，自卑早就被社会荡涤干净，看上哪款西装，可以不眨眼地付钱买下。可是，伟志给我留下的美好印象却没有随日月消减。

有一次携家逛街，与伟志再次相遇。不大的两间店面，素净简洁的门头，伟志规整的拼音静静地望着我，如老朋友一般，我毫不犹豫地走了进去。妻子说："这里的衣服便宜，男人的西装，要有档次。"我不为所动，人的档次在心里。有高贵的灵魂，才能有高贵的生活。很多华贵，只有皮囊，没有内容。伟志的便宜在实惠，伟志的档次在内涵。就像我的母校汉中师范学院，简朴而华贵。妻子不了解伟志，但我懂。

我挑了一件后边开衩的西装，然后挑裤子。因为我太瘦，每次选裤子是难题。腰合适了，裤腿挑到了半空；裤腿合适了，腰又像水桶。漂亮导购早有准备，她拿了一条递到我手上，说："先生您试试，腰身的问题，我们有解决的专利呢！"原来，伟志在两侧裤兜上方，设置了滑动装置，可以任意调节裤腰大小。这装置更大的好处是，一年四季，裤腰并不因衣物增减而影响穿着。小小的变化，蕴含着伟志的智慧。"其实，像这样的专利，伟志已经有很多，您放心穿。"导购说。

穿着崭新的伟志，左边牵着孩子，右边揽着妻子，走在省城的繁华街道，像当年一样，我挺直了骄傲的腰杆。很快，我又要去上课了，以前是汉中师范学院可亲可敬的老师们给我上课，这一次，是我给来自全国可亲可敬的老师们上课。

师友邹服生

没有桌牌，没有话筒，这是一个简陋得不能再简陋的捐赠；没有鲜花，没有礼炮，这是一个低调得不能再低调的仪式。

但是，它符合邹服生心意，无论是形式，还是实质。

一

邹服生是安康职业技术学院的教授，民进安康支部第一届支部宣传委员，1957年参加工作，1999年退休。可是在我眼里，他从来就没有退休。说实话，我和他相识的情景早已忘记。每年因公因私得认识多少人啊，可是终了，你深切记得的，也就那么几个人，每个人也就那么一件或几件事。突然之间的关系，往往不是好结果的开始。

总之，我们因稿件往来，就这么认识了。印象是慢慢加深的，这让我想起陈酒。

2001年的一天，我在办公室看稿子，接到了邹老师的电话："你是志军吗？"他不确定接电话的是我，可我已经分明听出他的声音。"有一个线索，我觉得是大事，很重要，想耽搁你十分钟，汇报一下。"邹老师当年已经退休，而我不过三十出头；我是小记者一名，而他是堂堂教授。但他就是这样，每次都很谦卑，一如那些有学问的人，不摆谱，没架子。

他说，有一部分教师工资被拖欠，相关的福利也有很长一段时间没发，他要替老师们反映反映。我供职的报社，自创刊以后，一直以维护教师权益著称，曾经披露过多起拖欠教师工资、辱骂殴打教师等案例，其中一些案例中央、省、市领导都批示过，都得到了很好的解决，因此被老师们称为"娘家报"。当时，拖欠教师工资在全国频发，也很严重。听到他说的情况，我毫不犹豫地答应了，只是提醒他，一定要反映事实，不要夸大。他说绝不会夸大。

但事情并不是想象的那么简单。一方面老师们群情激奋，一方面是当地反应剧烈。因为稿件发表带来的扩大效应，各方都抱有了博弈的心态，苦就苦了邹老师。这在当时口惠而实不至的生态中，他承受的巨大压力，可想而知。但是，他却为此感到骄傲，因为稿件发表后，省市两级党委和政府最终花大力气妥善解决了这一历史遗留问题。他在书中畅快地记录下自己的心情并总结道："作家不是救世主，也当不了救世主，但你绝对不可以远离时代和人民""关注民生，反映百姓诉求，替国家分忧，是每一位作家的基本品德"。可是，对此相当刺激又惊险的经历，我却一无所知，因为老师们的工资被兑现之后，他给我打电话，只表达了他和老师们对报社的感谢之情，而对他个人的影响只字未提。这些情况在我多年后拿到了他的《夕阳大爱》一书才知道，也是通过这本书，才知晓二十世纪八十年代，安康大洪水，他先后两次搭救过二十几名落水者。只爱自己永远是渺小的，有大胸怀的人往往会选择爱众人。邹老师就是这样的人。

工作四十二年，1999 年退休后，邹老师受聘于安康最高学府安康学院，先后在教育学院等三个院系任教。且不说教学工作有多忙，只看他发表的文章，就知道他在怎样地"盘剥"自己的时间。短短十七年，他发表了五十余篇报告文学作品，总字数超过一百万字。这些作品都是他一人一人调查后，一格一格码起来的，却又没有一行、没有一个字是写他自己的。

中国南涝北旱，北京缺水日益严重，于是汉江水北调进京。长江水质的好坏，是否被污染，事关北京千万人的饮水安全。他联络了另外两位退休老教授，揣上干粮上路了。用了大半年时间，他们对已经或可能给汉江水源带来污染的源点进行了梳理，经过论证，提出了解决的办法和思路，同时也指出来，为了长久保持汉江水源洁净，国家应对沿岸经济进行扶持。文章发表后，迅速引起了中央和省里相关部门重视。中央和省里对两岸的区域给予了一定补偿，两岸企业的发展也得到了规范。

透过这些温暖踏实的文字，我们仿佛看到包括邹老师在内的三位老人，从安康溯江而上，翻爬了一座又一座山，熬过了一个又一个炎日，打湿了一身又一身衣服，他们背负的何止是个人的安危！

二

能为众人者，须有一颗善良的心，还需有一双敏锐的眼睛。

二十一世纪初，打工潮涌，席卷全国。安康人也加入这一浪潮中，农村逐步成为空壳，留守儿童日渐增多。由于安康地处秦巴两山夹缝，道路不畅，观念落后，好多贫困家庭对女孩的教育不如对男孩那么上心，一些女孩早早辍学，外出打工。邹老师关注到这一现象，深感忧虑。上课结束，他就背上挎包，揣上笔记本，到偏远学校去，进到农家去，一校一家地采访调查。爱崽子是母鸡都会的事，而关爱孩子的成长是人类母亲的职责。没有高素质的母亲，孩子何来高素质？民族何来未来？长此下去，"让安康富裕发展"只能是一句空话。

问题严重！几个月里采访中的一幕幕展现在眼前，他的眼睛湿润了。

他伏案疾书，一周后，一篇题为《农村渴望"合格的母亲"》的文章通过《报告文学》杂志呈现在读者面前。这是在 2004 年。2017 年，当《人民日报》高调唱响家庭教育迫切性的时候，我们再回头去读这篇文章，我们不得不佩服，邹老师早已为此高声呐喊。

应试教育的最主要特征是分数决定一切。在越来越渴求孩子有学上、上好学背景下，一些学校剑走偏锋是必然取向。素质教育刚刚被提出来的时候，甚至之后很长一段时间，都只是挂在嘴上的。语数外是"主科"，体音美，甚至史政地都是"副科"。经济发展忽视了思想道德建设，如果从一开始就在课程上把孩子分为三六九等，只会让精神文明建设再遭冰霜。其中，能不能把思政课放在应有的地位，是个关键。邹老师又是一番调研，很快一篇题为《一颗危险的信号》的文章发表。这篇报告文学痛批一些学校把所谓的副科变成了"课表课"的现象，提出社会主义建设的人才观，不能只看分数，不能只看才干，应该把道德与觉悟放在第一位，从而避免社会乱象发生，稳固社会根基。这是 2009 年。现在，这篇文章是不是仍然具有很强的现实意义？

三

"性"之于中国，是洪水猛兽。尽管每个成人都在享用它的美妙。可是一旦要呈于面前，不是羞羞答答，就是讳莫如深。学校性教育，因此成为最羞于启齿的课程。因为性观念愚昧，性心理无知造成的悲剧，车载斗量。

但不是所有人都因此而退避三舍。很多有识之士，通过各种各样的方式，为现代人有健康科学的性知识而努力。邹老师就是其中之一，他年过花甲，思想却并不保守。他最重要的锻炼方式是跳舞，男女授受不亲变为异性相携而舞，冶情健身。他因为人们对舞蹈的非议，进而设身处地地对性教育之难感触良多。"现代化"不是一句空话。高楼大厦里往往居住着愚昧的鬼魂。他想，要下手，就从最难、最忌讳的地方进去。

他选择了中学生性教育专题讲座。他开始搜罗全国各地的典型案例，整理汇总了一大批专家的教育思想和见解，梳理一些地方开展性教育的策略方法，再糅进自己的理念和教学经验。讲稿成型后，他抱着先试试看的心态走进校园，对着学生侃侃而谈。台下，一双双眼睛，开始是羞涩，慢慢是好奇，后来是豁然，最后是欢快。

讲座完，留下阵阵掌声，长时间的掌声。

不是性不能讲，看讲什么、怎么讲；不是师生不欢迎，不是怕学生"开了禁"收不住，看你抱着什么心态讲。科学的教育观，尊重人的自然属性，这才是应有的教育态度。之后，《色情片的诱惑》《一张碟一本书》《难忘那片绿草坪》等性教育专题纷纷出炉。

敢于啃硬骨头，善于把握重点，勇于开拓新思路，这是邹老师的又一特点。

在邹老师的文章里，《解放慢班》具有特殊地位。不是因为它批驳差生现象的犀利，也不是因为它斥责应试教育对学生摧残的深刻，而是因为在别人还只停留在认识到教育不应该人为对学生划分等级的时候，邹老师已经用生动的文学作品告诉大家：差生本不差，来源观念差；差生本不差，教好都是佳。他通过真实案例，再现了优秀教师如何把一名名"差生"转化为优等生，堪称当代"爱的教育"。这篇文章被多次转载，还被改编成电影剧本，在安康年度文艺评选中获奖。这是 2011 年。现在，"差生"换作了"学困生"，可是在很多地方仍然换汤不换药。邹老师发掘出来的那些教育方法仍然具有强大生命力，甚至可以说，应试教育不死，这些方法永生。

四

我们就这样，通过他一篇又一篇的文章，通过他一封又一封的手写信件，相识相知。他的文章书写民生，书写教育，书写未来；他的信则书写近况，书写思想，书写人情。"因为工作的驳杂"，请允许我用这样虚伪的借口，邹老师的信我潦草一看，就扔过手去。因为信里，他核心的内容往往只有一个——"我又写了一篇稿子，需要您支持"。如果信长，那肯定是强调这篇稿子的重要性了，而且他还会先打一个电话，说："是志军吗？我有一封给您的信，看完信您就明白了。"我呢，往往是爽快地答应，谁让我这么信任他呢？一个人一辈子如此信任的人又能有几个！然后接到稿子，我就扔掉一切其他的事，专心地把稿子中他的那些方言和习惯性口语改成比较标准的普通话，改不掉的就加个括号注明。

最近一次见他，是 2017 年。我去安康讲课，晚上有空，就约他见面。需要说明的是，我一直很想在西安见他。他作为大我一辈的长者，我一直想尽尽地主之谊。可他知道我忙，总不愿麻烦我。那晚他穿着那件浅米黄色的西装，气宇轩昂地走到我面前，和我握手。

只是手里多了一个袋子，袋子里装着两瓶酒。

说话，都是稿子的事。其他的话，还是稿子的事。临走，他说："你看，我不抽烟，家里没烟。我不喝酒，但有酒。两瓶泸州老窖，大概放了得有几年了吧。"

果然，酒的包装盒都破旧了。

我欣然接受了。我没有小看邹老师的酒，邹老师的酒也没有小看我。

五

2018 年 3 月，突然就接到了熟悉的电话。说突然，是因为我和邹老师有一阵子没联系了。但这个声音传过来的时候，却又像昨天才通过话。老朋友就是这样：从来不用想起，也从来不曾忘记。

他说："志军，你得来一趟。"我问："干吗？"他说："我病了，腿动不了啦！"我的心咯噔一下。他说："我快八十啦，该把一些事了了啦。"我赶忙说："别啊，邹老师，您才七十七。动脑筋的人都长寿，你看顾明远，你看杨振宁，你看郭振有，你看张汉云……"

他说："我知道。但这事我该做了。"我说："啥事能比治病重要啊？"高血脂引起血栓，造成下肢动弹不得，得先治病。其他的不重要。

他说："我跟安康学院中文系院长黄路阳商量了，给五星小学捐点款，搞个助学基金，就叫'扶苗奖学金'。你来参与下。"

我还能说什么呢？！

好吧！

4月7日下午，捐赠仪式在安康市汉滨区五星小学小小的会议室里举行。

邹老师一生近两千册的藏书捐了，五星小学有了图书室。捐了两万元，加上安康学院中文系院长黄路阳的一千元，设立"扶苗奖学金"，每学年的利息奖励先进学生。再捐一万多元，为学校购置课桌椅和一批学具，还订了十年的《教师报》。

我参加过无数次捐赠仪式，这是我见证过的最简陋的一次，但这又是最美、最撼人心魄的一次。

晚上，我在宾馆接待了安康学院宣传部部长鲁延安。我们是第一次见面，邹老师介绍的。交谈后鲁部长说："我明白了，邹老师希望我们搭上线，以后多宣传安康学院、多支持安康教育。"

再晚些，我又见到了邹老师。还是那件浅米黄色的格子西装，只是右手里多了个拐杖。他走路有些发飘，说话声音也有些抖动。他说："我就要回武汉去了，老伴在那边。"这是他为自己说的话。"报道安康学院的稿子请您放心。"他又绕回去了。他在多年前就被我们报纸聘为特约记者了，当然还是《报告文学》特聘作家、《中国作家》签约作家。这次他想写安康学院教育扶贫的事迹。

我当然放心。只是有些东西，可能一辈子也放不下来，比如他的身体，比如我们看到的他坚守着的道德与品行。

十分钟后，我与邹老师道别。十多年来，我们亦师亦友的交情，仿佛就在这一瞬间，短暂而永恒。他挡住我不让我送，自己慢慢向电梯走去。在空旷的楼道里，我却分明听见一首诗，那首他在下午捐赠仪式上深情朗诵的诗：

在我们的旗帜上，
高高地飘扬着，
一串心语——
敞开胸怀，
将宽容、关爱送给孩子，
以爱为本、倾诉亲情，
把诚实当作我们的生命。
让无力者有力，
让弱小者前行，
让心底燃起的烈火，
永不停息……

最后一碟毛豆

在夏夜，楼下有一溜儿小吃摊，串串、烤肉、炒米皮、湖南米粉、炸鸡柳……十几家摊子把夜市烘托得热闹非凡，每天晚上十一二点才渐渐消停。

我不太喜欢吃夜摊，觉得不卫生，但耐不住女儿央求，只得在一家鸡柳摊子坐下。鸡柳是女儿的最爱，每次逛街，只要碰见必会买，要么捧着鸡柳袋子边走边吃，要么带回家慢慢品尝。

鸡柳摊子在夜市最西头，倒也清静一些，偶尔能听见聚会的朋友隐隐约约的猜拳声。女儿和妻子要了鸡柳，又去别的摊子选吃的。不多一会儿，鸡柳、烤肉，还有其他的小吃纷纷上了桌。我不喝酒，妻子点了瓶小木屋果啤，吃着喝着，慢慢消磨着时间。

这时，有一个特别的声音在旁边响起："麦豆，卖麦豆。"

是一个半大小子。胳膊上挎着一只竹笼，竹笼里铺着塑料纸，上面盖着毛巾。小子念叨着"麦豆，麦豆"，一条腿一拉一拉地从夜市东头往西头过来了。有人要了，他把笼放在地上，用碟子从笼里盛出"麦豆"

来，哆哆嗦嗦地放在客人桌子上。显然，他不仅手脚有疾病，大脑应该也是有毛病的，说话也成问题，把毛豆说成了"麦豆"。待客人扫他胸前的二维码付了账，他又把竹笼像先前一样在胳膊上挎好，腿一拉一拉地寻找下一位买主，嘴里含混不清地喊着"麦豆，卖麦豆"。

"不要买。"我提醒妻子。女儿喜欢鸡柳，妻子喜欢蔬菜，但晚上的毛豆让我一点也不放心。

"是啊，他手那么笨拙，谁知道洗得净不净？"女儿很快和我达成共识。

"毛豆要煮得好，味道很鲜的。"妻子说。

"总之，不要吃来路不明的东西。"我再次给她打预防针。

"有一次咱们吃完夜摊，肚子……"我继续说，妻子碰了碰我的胳膊，示意我不要再往下说，她怕影响女儿的食欲。

"麦豆，卖麦豆。"小子已经到了身边。他的脚拖拉着地，嘶嘶地响。灯光下，他其实并不是半大小子，而是二十出头的样子，胡子密密乱乱的，像贴上去的一样假，含糊不清的"卖麦豆"的吆喝从这胡子下跑出来，加重了这种虚假感。这让我更加坚定了不买的念头。

"最后一碟，麦豆，卖麦豆。"我们已是夜摊尽头，他似乎也希望在我们这里售罄毛豆。

我掀开竹笼看了一眼，嚷道："最后一碟？起码还有两碟！你还会骗人哩！可怜之人必有……"妻子又碰了碰我的胳膊。

"你看，你看，为了卖他的毛豆，他真的骗人呢！"我对女儿说，力图证明我是对的。

真的，笼底还有一些毛豆，绝不止一碟。

"麦豆，卖麦豆，最后一碟。"男人并不和我争辩，他把笼子放下，毛巾揭开，碟子铲下去，哆哆嗦嗦端出满满一碟毛豆，说："麦豆，最后一碟。"我们看着筐底剩下的毛豆哈哈大笑，这么明显的谎话，也只有他这样不够用的脑袋相信吧。

我把空碟子铲下去，又是满满一碟，问道："这是几碟子？"

"麦豆，最后一碟，卖麦豆。"男人盯着两碟子毛豆继续吆喝着。

妻子尝了一角毛豆说："很鲜的，来一碟。"我还没来得及阻拦，她已经扫码付了钱。男人给妻子鞠个躬，拖着腿走了。

"你怜悯人，但不能纵容撒谎。"我说。

"三块钱，就当你少抽了几根烟。真的很新鲜的。"妻子愉快地吃起来，给我和女儿也递过来。

这顿宵夜因为这碟毛豆而有些郁闷。

临走，一个摊主把一包毛豆递到了妻子手中："看您挺喜欢的，这点儿毛豆带回家吃吧。"我们一家莫名其妙，因为这片夜市卖毛豆的只有那个残疾男人，摊主的毛豆哪里来的？

摊主笑了，解释道："我原来的摊子也是卖毛豆的，他来了，我就不卖了。"

"你也一样，怜悯一个骗子？"我反问道。

"他哪是骗子啊！他卖给你们的确实是最后一碟。他是孤儿，和奶奶过活，奶奶快八十了，就靠卖毛豆挣生活呢。奶奶淘洗干净煮好毛豆，他拿出来卖。他来了，我就不卖毛豆了，市场就这么大。作为感谢，他每天都要把最后一碟毛豆送给我。这就是他今天留给我的那一碟。"

原来如此！我的脸忽然烧起来，恨不得找个地缝钻进去。

女儿急急返回鸡柳摊子，买了一包炸鸡柳，向渐渐远去的那个腿一拉一拉的背影追去。

胖虎

　　女儿喜欢猫，喊着哭着买了一只。因为头比身子大，就叫它"胖虎"。

　　胖虎两个月大买进门，两周之后就一点也不怕人了，在屋子里到处跑，到处钻。它在凳子腿间打个滚儿，就跃上了茶几；在茶杯间溜达一圈后，又跃上了钢琴，把琴键踩出"哆来咪发索"的声音。

　　女儿课业重，放学回来会逗胖虎玩，但时间不长又埋头写作业去了。我和妻子下了班，一进门，胖虎就黏在腿脚间，绊来绊去。

　　看书的时候，手指翻动书页，胖虎从下望着，一个虎扑就缠在了手腕上。妻子洗菜刷碗，胖虎在池边沿上蹲着，盯着看，看着看着，爪子就伸到了水里头。妻子喜干净，我爱清静，渐渐觉得它烦。

　　猫是馋嘴的。吃饭时，冷热荤素上来，人还没坐下，胖虎先上了饭桌。它在这个盘子闻闻，在那个盘子蹭蹭，瞅准了骨头，拿爪子抓，看见了鱼，用嘴叼。女儿说："看看看，它拨拉蒸红薯呢。"妻子说："赶紧拿碗扣上。"但饭菜不能每次都扣上，我就多了项任务：妻子在厨房烧菜，我在餐桌前看猫，防它偷吃。一家人坐定，胖虎从座椅上爬上去，从脊背缝隙里挤上桌子。"胖虎！"女儿瞪着它警告。妻子把它捉住扔下桌。它在自己的饭钵前徘徊一会儿，又挤了上来。"胖虎！"妻子扬起筷子作势要打。胖虎赶紧闭了眼睛缩了头，把身子蜷起来，卧在桌边上。我们吃饭，它看着，我们下巴骨嚼动，它终归受不了诱惑，又把爪子探进了盘子。"下去！"胖虎又被扔下了桌。再下次，它就蹲在饭桌边，眼巴巴看我们吃，不敢动，也不走。

猫五六个月就发情。胖虎发情期到了，满屋子找地方撒尿留自己的气味。卫生间的衣服盆，它试着撒了，床下的鞋子里它撒了，洗脸盆和洗菜池它撒了；还不够，它在沙发背后撒了，在窗沿上撒了；还不够，又在各个房间的床铺被褥上撒。下班回家，一进门，到处都是尿臊味儿。我们的卧室更是难闻，妻子一检查，被褥上的尿渍这儿一坨，那儿一坨。"胖虎！谁让你尿的？"胖虎好像知道自己干了丢人的事，躲在门后不出来。妻子骂完了，胖虎试探着伸出头，瞅瞅拆洗被褥的妻子，唰地一下，又跳上了床，缠在妻子臂弯里。妻子捉住它，指着它的头问："还敢尿吗？还敢乱尿吗？"胖虎脑袋一缩一缩地往后躲，但我们一走，它又乱撒。没办法，换上新被褥，床上放了炭包香皂去味儿。我们上班，把卧室门锁了，以防它进去。

好奇害死猫。哪有不好奇的猫啊！胖虎活泼调皮，但我们不能总是跟它玩。磨牙板玩腻了，它就把沙发腿当成磨牙器，何止，木质的腿儿都是它的磨牙宝物，这儿抓一抓，那儿挠一挠，所有木质的腿儿上到处都是爪痕。看着桌上的抽纸，用嘴咬住，一抽一张，爪子一扒拉，很快就铺满了地。把垃圾筐推倒，捡一个纸团往前一扒，飞身去扑，扑住了，再往前扒，去扑。只要有空间的地方，它总能把自己装进去，空桶、空鞋盒、空菜篮、空塑料袋子，钻进去，把头埋住让你找。

这也罢了，它更喜欢听响声。桌子上的小物件，比如钥匙扣、指甲刀、小纽扣、存钱罐、眼镜盒，只要能扒动的，都会扒下来。倘若这小玩意儿能在地上弹跳滚动，那更好，胖虎会像玩纸团一样好好玩上一阵，直到它们被扒进各种缝隙够不着为止。一天早上，女儿放在卧室书桌上的眼镜不见了，眼看上学要迟到，着急得哭。找啊找啊，半副眼镜在床下，一个眼镜片在客厅角落里。有次我要上班，车钥匙找不到了，翻遍了兜、包、口袋，没有。算了，先上班吧。蹬皮鞋的时候，钥匙在鞋里。养猫一年，茶杯被摔碎了三只，打火机被摔爆了一打。把人气急了，就打，边打边抱怨："胖虎！叫你乱摔东西，叫你乱摔东西！"

屋子毕竟小。门框上挂着的小布偶不玩了，塑料弹球都进了罅隙，玩尽了屋里的，胖虎喜欢看外面。它跳上窗台，隔着纱窗看外面人来往，洗了衣服晾晒，它爬上人脊背，攀上晾衣架，听外面的鸟叫。门一开，"嗖"地就蹿到门外，马不停蹄向顶层奔。第一次蹿出去，被捉回来打了一顿。"胖虎！看你还敢跑吗？"跑第二次，捉回来又打了一次。"胖虎，叫你跑，叫你跑！"

打了几回，胖虎不跑了。

之后，我们下班开门，它站在门里面欢快地抱我们的腿。上班要走，它看着门一点一点闭上，静静地等关门那"砰"的一声。它就在规定的范围里玩耍。

它想站起来，前腿把头支起，挣扎了几下，还是没有成功。它试图用双腿给劲儿，浑身战栗了，沮丧地放弃了。它眼睛迷蒙着，努力睁开，又似有千斤的重量压着，眼皮耷拉下来。躺了一会儿，它又重复上面的努力。最终它把前腿挪到了琴架的铁腿儿上，那样可以使戴着伊丽莎白圈的头稍微舒服点。

胖虎似乎不断地在问："你们到底对我做了什么？"

我提着它向医院走去。胖虎窝在袋子角落里，外头的声响对它充满诱惑，头稍微探一下，在袋口张望了一眼，又匆忙缩回到袋底。它眼睛里的恐惧使我不忍心走快，差点儿想返回家中。

胖虎被抱出来，可是即使我们抚摸着它，摩挲着它脖颈上的毛，也不能阻止它颤抖。它四肢屈着，仔细又匆匆地嗅着，把头贴近墙壁，胡须扎在墙上凸出来的颗粒上。妻子说："胖虎，不怕，不怕。"胖虎拿颤抖回应，把头紧紧藏在双腿间。

大夫拿出一张纸，询问着，交代着。我们注意地听着，频频点头。

"没事的，它八个月大，啥还不知道，现在做最好。"漂亮的大夫微笑着对妻子说。

"其他的啥时候做？"妻子问。

"有更大些做的，也有三四个月就做的。"大夫回答，扭头又喊一位男大夫。

她把胖虎包裹在猫袋里，抱走了。

我去医院外抽烟。外面的风阴冷，烟雾瑟缩得和我的心一样。

它和我一样的性别，我想。它不停地在被褥上、床下、洗脸池里留下气味，它渴盼着另一种气味的回应。这是它的生理决定的。

"做了就不会了，除了吃就是睡。"大夫笑吟吟说。

妻子将胖虎裹进小被子，把被子搂在怀里。风从耳旁呼呼地吹过去。

"要不我抱？"

"不！"

胖虎似乎从昏睡里半醒过来，把脑袋摇了摇，一只前爪从被子里挣脱出来。不过也仅止于此。我想它应该感觉到了疼。

胖虎艰难地挪动着身体，它前肢努力地向前，后肢却始终立不起来。我去扶它，它一挣，整个身子翻倒了，四爪朝天。妻子要去扶它，它又一次翻倒。它挣扎着，像被打断后腿的蔫狼，拖着腿，嘴里嘶吼着，慢慢爬进储藏室去，把自己藏在一堆杂物后面，任我们怎么呼叫，只传出一声声低沉的、抵抗的嘶吼。

"胖虎，你吃点东西吧？"

"胖虎，你喝点水吧？"

胖虎头伸向空里，把伊丽莎白圈甩得啪啪响。

在古代有一种项枷，用铁链或者绳索把犯人套在一根木头上面，防止逃跑。晚上睡觉，一溜儿套着犯人，第二天在狱卒的监视下打开索套，犯人才能起立、解手。

伊丽莎白圈就是胖虎的项枷，防止它舔舐伤口使伤口感染。

"胖虎过来，给你挠痒痒。"女儿说。

胖虎似乎听懂了，慢慢靠过来。

"胖虎，以后不要乱尿了哦。"胖虎甩了甩伊丽莎白圈，它眯上眼睛，享受手指的抚摸。

过了十天，它的伤痊愈了，伊丽莎白圈去掉了。它在凳子腿间、杂物缝隙里走了几圈，发现没有了挡磕，"噌"地一下上了桌子。跳下来，它又跳到了窗台上。

但也仅止于此，它的雄性气质随着阉割去掉了大半。我们省心多了，也更喜欢它了。

所有的猫，都是这般的吧。

从动绝育手术前五斤，短短一个月就长到了八斤，胖虎这下彻底胖了。它从这个卧室溜达到那个卧室，从这张桌子跳到那张桌子。它蹲在窗台上看向外面，偶尔有麻雀飞来，它似乎要伸出爪子去抓——以前是绝不放过的——可只是转动了下耳朵，扭动了一下脖子，静看麻雀在纱窗之外逗留。

它偶尔也还会在被褥上撒尿，留下一坨尿渍。妻子在卫生间搓洗被子，把胖虎叫到跟前说："胖虎，你又尿床，又想受疼吗？"胖虎摇摇尾巴，蔫蔫地出去，踱步到客厅去了。

那只伊丽莎白圈一直留着，套上去是一个项枷，取下来是薄薄的平展的透明塑料，可以用它拾垃圾。胖虎似乎对伊丽莎白圈没有久记的憎恶，它把塑料弹球、钥匙扣之类的玩腻了，也会扒拉着伊丽莎白圈，听丝丝拉拉的声音。在每次进食前，它把鼻子凑近伊丽莎白圈，耸动着鼻尖细细地嗅，仿佛对钳制住的日子有无限的回忆。胖虎甚至发现，自己猛地一个跑步，站上项枷的时候，它还是一个溜溜板。

"胖虎，你又把杯子摔碎了，啊？"

"胖虎，你又想被带出去吗？"

久了，胖虎能大致听懂我们的"威胁"。胖虎往往在听到我们训斥它的时候跳下桌子，蹦到储物间的窗台上去，看屋外的寒风把树叶刮落下来，盘旋着落在地上，甚至摔裂成几片。或者，它悻悻地逃离我们的视线，在属于它的那张窄窄的地毯上躺下，四肢一蜷，缩进一场梦境。

"猫的生命最多是二十年。"女儿说。

它还要陪我们十几年。我在散步的时候，或者抽烟的时候，都会想到囿于一屋的胖虎。

它是猫，我是人。我忽然对胖虎有了深深的悲悯，也对自己有了深深的悲哀。

令人吃惊的事发生在周末中午。

我陪妻子去买菜，太阳下提一大堆菜回家，浑身被汗水沁透了。放下菜喘口气的当儿，叫胖虎，它竟然不在。

它早已习惯了找安静的地方睡觉，阳台门的背后有一只垫脚凳，是它长睡的地方，晒太阳，睡一觉起来，爬上窗台可以看外面。衣柜格子也是它的被窝，我们午休，它就蜷缩在散乱的衣服褶皱里，呼噜呼噜。后来它喜欢在厨房的菜柜和碗池下面睡，做饭的响动让它觉得安全，而洗菜刷碗的流水声更是催眠曲（它因此多次被关在厨房里面出不来），为了阻止它跳上案板，我们用完厨房会把门合上。

每次回家，它从梦中惊醒，欢快地跑过来，翘起尾巴，在我们腿上蹭来蹭去，然后前腿趴地，蹬直，伸懒腰；后退蹬直，伸懒腰；再弓起腰，又来一个。各个动作做完，还有一个长长的哈欠，打过，开始和我们玩耍。

这次它竟然没有应声。

妻子说："坏了，跑出去了。"

一看，可不是吗，进来忘了关门。

以前养过一只白猫，跑了再没回来，找遍院子都没找到，永远失去它了，女儿因此哭了好几周。

"胖虎！"我们惊叫着向外冲。

"喵——"

胖虎在门口！

它冲我们叫了一声，又回过头去，嗅着扶梯栅栏。胖虎小心翼翼地，爪儿轻轻抬起来，又轻轻放下去，鼻子在钢筋上细细地嗅着，这根儿嗅完，再嗅下一根。它把栏杆的拐角嗅过，踏上上面一级台阶。仿佛脚边有地雷，轻而缓慢，生怕一落脚地雷炸了。

它的鼻子翕动着，尾巴半翘着一动不动，只有鼻子在紧张地一耸一耸，期望把每一缕气味都吸进去，辨别清楚。

我们看着它，倚着门框，一声不响。

我们上班走后，它活动的范围只有几十平方米。我们期望带它出去，可是在怀里，它浑身发抖，头藏在脖颈中，偶尔大着胆子望一眼外面，又赶紧缩了头。

有朋友说："猫太扭捏，小女人，太妩媚。"

有朋友说："我喜欢狗，不喜欢猫。猫从不反抗。"

是啊，扭捏的，从不反抗。

可真的是那样吗？我们是不是只看到了它闲庭信步，是不是给它施加了太多的威压？

今天的胖虎似乎让我为对它以前的束缚自责起来。

周末我们有更多时间，故意把门打开。胖虎不再像以前，以前我们开门出去，它蹲在门内，静静地送我们走。这次，它试探着走出门去，细嗅栏杆，嗅水泥地面的灰，嗅若有若无的蛛网。它向上爬，一级半级，再向上爬。它的头探进钢筋之间，嗅背面。偶尔，会穿过一根钢筋，从后面转过，绕回到台阶上。它爬了四五级，向我们叫一声，又返回家里来。

晚上，没有声音的楼道是黑的。我们打开门，它踅进黑暗，望一眼我们，往黑暗里走半步。它犹豫着，却没有退回来。

我们就这样看着它，它的眼珠子像两星火，在黑暗中圆溜溜的，晃动着，挪动着，摸索着。这真让人高兴。

"胖虎。"

"胖虎。"

我在楼下叫。

租住的房子在二楼，楼前菜畦和花圃被邻居们打理得生机勃勃。我像在家里一样向胖虎招手。它已经可以跑到三楼的拐角，蹲在转角平台看外面的天空，可也仅限于此。看一会儿，向我们叫一声，转身进门，尾巴硬硬的，在我们腿上蹭，然后去扑地上的皮筋。这是它喜欢的游戏。坐在沙发上，我们会扔一根皮筋，它扑上去，按住，叼上，放回沙发上，让我们再扔。它还特别喜欢纸团，它扑得太快，以至于不是撞了墙，就是碰了门，逮住了滚动的纸团，兴奋地咬住，叼回到沙发，如果我们不动，它会把纸团扒拉到我们手边，活像可爱的狗狗。

看得出来，胖虎犹疑不决。它看看倚着门框的妻子，又看看不停招手的我。

"胖虎，来。"

它终于下了决心，脚儿抬起，试探着下了一层台阶。

"来，胖虎。"

我蹲下来，它到了我手边。它耳朵竖得直直的，哪怕远处有一点响动，都急于要返回楼上。我抚摸着它，它身体在发抖。

"胖虎，不怕。"

慢慢地，它喉咙里有了呼噜声，那是猫感觉舒服和安全的表现。

我没有给它拴绳子。在养那只白猫的时候，曾经给它脖子套上绳圈，可是白猫挣扎着钻进了路边的荆棘。我希望胖虎不是这样。直接从没有绳子开始。

我捡了一根树枝在它脚边敲打。猫对移动的东西非常感兴趣。一只激光笔，那跳动的光点，百玩不厌。弹力球，它会扒着追着，躺倒压住，起立再扒。一旦它们停下，它会懒洋洋跨过去，视若无睹。

它抬脚按向树枝。几次之后，它不抖了，眼睛盯着，看树枝敲向哪里。

人类总是自以为是，比如对胖虎的威胁、阉割、恐吓，总认为那样动物会成为乖乖的宠物；总认为给它吃、给它喝，那才是猫该有的美好生活。我们每天干着这样的勾当却以为理所当然，甚至替代了别人的意志，做着别人的主，还叫人感恩戴德。

可是，天性又是怎么可以被抹杀的呢？顺应天性才是最大的爱护和尊重。尊重别人的选择才是最大的恩德和道义。

胖虎是三年之后开始杀伐的。

它在我们上班的时候睡觉，我们回来的时候精神抖擞地出门。我们下班总会把门留一道缝儿，胖虎在我们面前做完了拉腰的全套动作就下楼去了，哈欠是在楼道里，伴随着浑身使劲的抖动。从窗子望去，它穿过水泥路面，尾巴摇晃几下，就消失在花圃里，偶尔会看见花枝的抖动，或者菜叶的摇晃。

它出去，我们的耳朵会留意捕捉外面的动静。有时候，会有鸟惊飞的扇翅声，原来它爬上树枝，准备猎杀鸟；有时，楼下会有激烈的猫叫，那是它和另外的猫在打架。一次，女儿扯着嗓子喊："啊，爸，啊，妈！"是胖虎叼了一只老鼠回来。

我目睹了胖虎的战斗。

我去买烟，随着胖虎下了楼。有我的陪伴，它晃晃荡荡地在前面走，优哉游哉。

猛地，它蹿出去，身子伏地，尾巴拖曳，四肢缓慢地朝前挪动，仿若发现猎物的豹子。我也随之停下脚步。

胖虎紧盯着冬青树下，尾巴轻巧而坚定地左边一扫，右边一扫，和平时完全不同。

我喜欢看《动物世界》，不管豹子、老虎还是狮子，在猎物出现的时候，它们都是屏住呼吸，悄无声息地一步一步靠近，等到猎物警觉，已经遭到雷霆一击。

现在，胖虎正在伺机发动猛烈的攻击。它的身体紧绷着，脖颈的毛竖立着。旁边有人路过，它没有回头，耳朵竖直，目光死死盯在前方。

我想，战场上待机歼敌的军人，也不过如此吧。我还未来得及给路人示意，胖虎微微弓起的身体拉开，已经像一支离弦利箭射了出去，脚下腾起细微的烟尘，沙粒向后纷飞。"吱，吱，吱。"冬青枝叶急剧晃动，叫声慌乱惨烈。

谁能扼杀生命的勃发，谁可以囚禁住天道的规律？

这才是我想要的胖虎，真正的虎！

我忘记了买烟，跑回了家，急切地想把自己的所见和家人分享。

"我很后悔，应该让它做个父亲，它会是很好的父亲。"我对妻子说。

女儿哭了。

这时，胖虎正叼着硕鼠，稳健而骄傲地向我们走来。

蚂蚁

夏夜，凉风习习抚着头发，痒酥酥的像过电，坐在景观石上，燥热去了大半。

这里邻近广场，巨大的混杂音乐声要把树冠掀到天上去。东边是自乐班，掌铍的身子往前扑，双手一张一合；敲鼓的昂头咬唇，鼓槌落下，腮帮子的肉有节律地上下跳动；拉弦的闭着眼睛，手捏着长弓，手腕甩动，头也左右摇摆。他们在音律中间各自做着动作，奏起一段震动大气的秦腔。

南边有人在举灯对弈，一盏气灯就是一个圈子，楚河汉界的象棋短兵相接，棋子高高举起，啪的一声砸向某格，那边两指轻轻一滑，跳将到别处，化解了一场危机。外围的观众叫好，致自带气灯忽闪了好几下。围棋圈子安静得多，白子轻叩，荡开一片笼罩的乌云；黑子暗布，又设了两处陷阱。等到大势已去，负者长叹一声，在众人唉声叹惋中说："明晚再来请教。"

西边鬼步舞，激越的音乐，一群青年男女手打响指，腿脚像刚出厂的弹簧，把身体拉向地面，瞬间又弹向空中。领舞的小姐姐穿着包臀牛仔裤，长腿如踩着高跷，步子起处，引逗得口哨掌声阵阵。

大妈们在北边，一律的绿裤红褂，手里捏着布扇。音乐舒缓，步伐缓慢，移步扭胯一步一顿。待到音节骤急，大妈们身子左边斜逸，手伸出去，抖腕展扇，扇端的红布齐刷刷"噜"的一声，鸟雀惊飞掠枝而去。略一回身，斜逸右边，又是"噜"的一声，树叶震落下来。

我避开热闹慢慢往前走，故意把脚边的蚂蚁群让开。开小差的一只瞅准时机，爬到鞋面上来，皮鞋一斜，又滑下去，汇进搬运粮食的大军。

一位男子坐在一棵树下，低着头看蚂蚁。蚂蚁爬上他的裤脚，爬到他的膝盖，钻进裤子的破洞里去。男子站起来，抖，抖完，又坐下去。头顶上树缝的灯影洒下来，打得他的脸明明暗暗。我向他走过去。

"兄弟？"

男子不耐烦地挥挥手，继续看蚂蚁，他脸上愈发露出和这夜晚不协调的焦躁来。

"看来明天是晴天呢。"

男子把蚂蚁捉住扔下，一脚踩上去。

"别！"我话未出口，看见男子把脚抬起，蚂蚁哧溜逃走了。

"我，我妈住院……"男子终于有气无力地指指旁边的饭盒。

"那你还不去医院陪？"

"可是她吃不下饭了！"

树影似乎把他的脸庞打湿了。我倏然愣住，不知道说什么好。

我在男子旁边坐下来。

"你散步吧，我坐坐就好。"男子抬起头，眼睛潮潮的，像被夏天的余热蒸腾出了水雾。他目光望着广场的方向，那里一派欢天喜地。

"老人肯定等着你买的饭呢。"我轻轻地说。

"她一直说嗓子疼，要等我回家了再上医院看，等了两年多。可是现在……"男子再也忍不住，眼泪砸在路面上，蚂蚁绕着湿印爬来爬去。

"给。"我掐了一枝路边的花递给男子。男子伏在花上，肩膀一抽一抽地耸动。

我伸出手够过去，他瘦瘦的肩膀也潮潮的，黏手。

我们坐了好一会儿，蚂蚁爬到我们的腿上。

"谢谢你。"男子重新抬起头来，擦干了眼泪。

"把花给妈妈插在瓶子里吧，看见花她会好起来的。"我把饭盒递到他手里。

夜风淡淡的，我朝前继续走。转过头，男子已经不见了。

第二辑：看见

误解

一

　　女儿说，"我要出去"。这让我们很恼火，虽然是周六，但是她的作业没有完成，琴也没有练，而且她说："我要出去三四个小时。"

　　在她的房间外，就隐约听到她打电话，好像在约同学。

　　"我出去和同学吃饭。"她已经背了包，站在大门边了。

　　"不行，家里饭就快好了。"

　　"就几个小时。"她不容置辩的口气。

　　"下午还要上乐团培训课，而你的琴还没练，作业也一大堆，出去逛合适吗？"

　　"就去逛逛。"

　　"到底是吃饭还是逛？"

　　"吃完饭，逛逛街。"她一拧身走了。

　　"现在的孩子都咋了，一点都不听话。"

女儿上了初中，每天作业堆成山，又是特长生，每天还有练琴任务，但她却大大咧咧的，像没事人一样。虽然她学习一直比较好，但好是平时刻苦积累起来的，何况最近她的成绩有所下滑，正让我们担忧呢！

"要管严点，马上就要毕业了，考不上重点高中，前面的努力都白费了。"妻子主管女儿学习，我提醒道。

"回来必须批评她。"

二

今早还没起床，"滴滴滴""滴滴滴"，微信一直在响，吵得人睡意全无。爬起来洗脸刷牙，泡一杯茶，点燃一根烟，打开手机。

"祝生我养我的妈妈永远快乐！"A 在祝福妈妈长寿健康。A 是好朋友，在他家吃过老人做的饭，受过老人的热情接待，他的娘相当于我的娘，我赶忙给 A 点赞，并给"老娘"送去祝福。

"祝妈妈一直年轻！"呀，B 的妈妈今天也过生日。B 是同事，为人不错，平日里互相帮助，照应颇多，也应该祝贺、点赞。

再往下看，全是感恩妈妈、致敬母亲的。

哦，今天是母亲节。

我不由得悲从中来。他们都有父母在，而我自己已成孤儿，故乡成为我越来越远的记忆。我在秦岭一夜白头的时候回到了家乡，路上，想念故去双亲的心就如这天气，寒冷里还飘着细雨。老家的旧屋已经拆除，盖成了新楼，再也听不到那扇木门吱呀的声响。汉江日夜流淌，一并淌走了父母村头的遥望、夜灯下的私语和临行的叮嘱。家乡，成了故乡。一碗浆水面，一杯红糖茶，一张热面皮，一盆木炭火，一床棉花被，一支狼毫笔，一屋子的笑语盈盈，仿佛都随冬入眠，只在心底泛滥。而这时，一位骑着三轮车的大娘，穿着黑底暗红花袄，一路从细雨中迎面而来。那满头的白发，像极了逝去的母亲，我瞬间泪湿两颊。

人阻挡不了生命的轮回。岁月的每一条褶皱，都盛满了故事，有些让人痛苦，有些让人感动，但都耐人咀嚼。那时，可以有满腹的心事跟人倾诉，即使犯了极大的错误，也有一双抚慰的温暖大手，即使隔了几十年年龄代沟难以明白，也有两只专注聆听的耳朵，他们是驻身的盼，安心的魂。现在，主人，变作了过客。那扇门永远地关闭了。

生我养我的地方，正在由清晰渐入模糊。那种望着亲切、感觉亲热的氛围，那方踏着心静、走着安稳的故土，那条夏也清凉、冬也温润的汉江河，都在细雨里慢慢退隐。越是靠近一步，那种隔离越是让人窒息。我知道这是我的错误，我不能因为父母的离开，也让自己从熟稔的氛围里抽身。那些美好淌在血液里，刻在基因里。可是，我却一直无法纠正自己，就像我不能让江水重新再流淌回来，让木门再次吱呀作响一样。

每每想回家，想看看那熟悉的门楣和站在门前的亲人。可是，我的亲人哪，一去不复返，如这春去了的青青群山，只剩皑皑白雪，无边无际……

三

妻子把饭端上桌，我的思绪还陷在秦岭的白雪里。

"吃完饭，咱们去看看爸妈。"妻子说的是岳父岳母。

我点点头，对父母的孝敬不在微信里，应该在双亲的双膝前；不在亡后的祭奠中，而应在平日的陪伴里。

"祝妈妈一直漂亮，一直漂亮。"女儿站起来，恭恭敬敬地面向妈妈，手里托着一个盒子。

"妈妈，谢谢您！"女儿说。盒子里，是一对耳坠，银光闪烁。托着盒子的，是一张她获得优秀特长生的奖状。

昨天，原来如此，我仿佛看见她在商店仔细地比对、挑选。

在我们眼里，十四岁的女儿一下子长大了。

晚上的愉悦

马上要拿到书了，我心里有些激动，又有些焦急。说好的，四月底出，可是……二十年来，不就等着这一天吗？这难以按捺的心跳啊！

可是，拨过了电话，教育出版社的曹编辑说正在走印前审批手续，估计可以按计划出。

晚上，又传来了编辑部主任姜莹女士的电话。她说："书稿里还有很多问题要再修改。"我似乎不太相信自己的耳朵。他们编辑部已经做过初期的校对，出版社的审校非常严格，一句口语或方言，都会叫作者加上注释！

在一篇文章里，我说自己厌倦了英语，不想再考高级职称。这本是一句玩笑，但审读提出两条意见：高级职称是评的，而非考的；在报社里，没有高级职称，就不能终审稿件，即使我是副总编辑。因此这语句有问题。这意见令我汗颜，同时又庆幸，自己的书有这样严格的编审把关，可以放心了。其间，我这边也请人做了一校一审，但现在姜主任的话里话外，似乎书稿中的错误仍然不少。

我的心一下子悬了起来。

再晚些，姜主任用微信发了照片过来，是审读指出的错误和修改意见：有该用引号却没用的，有用词不准确的，有逻辑上有些混乱的。我说，散文的写作，每个作者的风格大相迥异，而审读是只按汉语规范来看词、句、段的，语言的丰富性和实践中的演变在前，汉语的规范在后，如果严格"规范"，势必会破坏作者的语言个性。我的观点是，如果只是换种说法，则"宁死不从"。姜主任说："我改小的差错，不能确定的，和您再商量。"

果真，不一会儿，陆续发过来近十处改动的图片。

比如"一位教师从中专毕业，开始边教书边自学，不畏严寒酷暑，哪怕千凿万琢，终于考取本科，通过高级教师评审。这是何等的苍凉！一位教师，扎根山村教学点几十年，青春面对寂寞，热血背负冷漠，只为了送山里娃走出大山。这是何等的惨烈！"姜主任指出，《期待昂扬的师德》文中这两个事例，第一个事例，从描述看不是很多人都有这样的奋斗历程吗，而且付出也得到了回报，从文字里哪里看得出"凄凉"呢？

单就字面来看，这意见当然是不错的。可是在现实的师德报告会上，报告人往往是以经历的冷清和无人关怀，但通过自己努力又赢得尊重来引起共鸣、打动人心的。文章因为篇幅和为了语气连贯，没有详细交代这些。也只有经常聆听师德报告的人，才能体会这些获奖者所经受或者传达出的凄苦。

可是，写文章的人可以给自己这样的内心联想提示，看作品的读者却没有，他们只有面前的文字。这就是编审质疑的原因。

再比如对其他行业用语的暗引或明用：像《这年头还炒股，你不是傻了就是疯了》中的"N股N涨停"，如果对股市不熟悉，就不能明白第一个N是new的缩写，指新发行的股票，第二个N指多次，是口语。在《那些年你没玩过的野乐子》里，有句话说玩弹弓的乡村野孩子，从小在玩中培养起了爱国情感，他们手中的弹弓，"当比布置在南海的弹弓强十倍"。这里会对一些读者造成阅读障碍：什么是"南海的弹弓"？只有经常看中央电视台新闻的人才会明白，美国近年经常到南海耀武扬威，还指责中国搞南海军事化。中国外交部对此回应说："别人在你的家门口耀武扬威，难道还不能准备一个弹弓吗？"文章里暗引了外交部回答用语。

还有更有意思的。同在《那些年你没玩过的野乐子》一文里，写汉江河边我的家乡，以前常闹水灾。一旦洪水来临，村里乡亲就会"家家把粮仓衣柜，用麻绳绑在房柱子上，松松锁了门，依依不舍地流泪投奔亲戚"。姜主任说："粮仓、衣柜这么大的东西，怎么绑在房柱上？是不是应该改成'把粮仓、衣柜用麻绳绑了系在房柱上'？"她的意见当然是对的，但却违背了事实。洪水来临，大件家具被冲移动，会对墙壁等造成二次伤害。用绳索把它们直接和房柱捆绑在一起，可以避免这样的状况发生。也因为衣柜、粮仓很大，"绑"就比"系"有气力得多，而且更符合乡亲们的口语表达习惯。

我回答完这个问题，开玩笑说："城里人不知道农村人的苦，我们今天晚上的校对，是城乡知识间的对垒。"姜主任不依不饶地说："就算是这样，后面一句'松松地锁了门'怎么理解？锁了就是锁了，没锁就是没锁，怎么是'松松地'？"

"哈哈，"我在手机这头一下子笑出声来，"如果洪水来袭，重则摧屋倒舍，轻则淹物漂盆。锁门会阻挡洪水，门户紧闭，冲击力将很大。若门半闭不闭，水经门缝而入，会减小阻力和屋墙承受的冲击力。如果门完全敞开，屋内的东西遭水冲又会漂走。所以乡亲们就只好'松松'锁门。这是防洪减灾的智慧。还有，乡里过去的两扇房门，多在铁杆上挂上锁头，以此锁门；也只有这样，才能松松地锁，城市里的防盗门是只能'紧紧'锁上的。"听此解释，城市里长大的美女姜主任恍然大悟。

探讨、质疑、争论，不觉间，大半个晚上就这样过去了。姜主任的严谨让人肃然起敬，也让我再次对把书交到她和她的同事们手上这件事而感到放心。

　　文字是自己的，文本则是读者的。编辑无疑是文本的第一读者。在上市之后，读者能拿到一本错讹少、经得住推敲的书，是幸运的。而比读者更加幸运的，应该是如我一样的大大咧咧的作者，能够遇到像姜主任这样一丝不苟的编辑，经由他们的努力，我们会给读者少带去些伤害。当然，编辑也需要更多的文字之外的储备，去迎接来自四面八方作者文字的考验。

　　这个夜晚是愉快的。我想，书只是一个成品，而书背后的精彩，未必差于书中的故事。我有，每个作家也都应该有过吧！

电影五题

《肖申克的救赎》：我们都是罪人，但从未放弃希望

汤米是个率直爽朗的小伙子，即使他是一个惯偷，在监狱里也是万人迷。他知道安迪·杜佛兰是被冤枉的，坚定地要为安迪做证。几声枪响，他的愿望随着"越狱"罪名湮灭。

Hope，害死了他。

一

监狱里，我们每个人都是罪人，即便安迪没有枪杀妻子和她的情人。在肖申克监狱，他和各种犯人待在一起，他目睹狱警知法犯法，他也帮他们犯法。毫无例外，在内心为有负妻子而内疚的同时，他几乎不能不部分地屈服于环境。

他干净吗？虽然他不是杀人犯，但也未必干净。鲁迅在叹惋祥林嫂的时候指出，祥林嫂成为年祝，杀害她有制度原因，也有她的工友在捅

刀子。在鲁迅的其他文章里，如《孔乙己》《药》《阿Q正传》等都指明，在一个至暗的社会里，没有人可以置身事外，他既是受害者，也是加害者。这既是人性也是客观环境造成的。

《白毛女》里总结得更为清晰。贺敬之等作家在民间传说的基础上，给喜儿的人生总结道："旧社会把人变成鬼，新社会把鬼变成人。"

不论事实与文学之间有多大的差别，但文学内外，我们看到的丑恶，远比我们想象中多得多。

二

瑞德服刑四十年，历经几次假释审核。每次他都会说"我已洗心革面，选择重新做人"，但都被驳回。最后一次，他已经看透世事，说："内心那个犯罪的小伙子，我一直寻求和他沟通、讲道理，可是，他已经找不见了。这些道理，他一直听了四十年，早就厌烦了。道理都可以放弃，假释也没有什么值得争取。"

哀莫大于心死。

在监狱里，刚开始抗拒；稍久，是习惯；最后，是顺应，犯人被"体制化"了。

瑞德当然没有安迪的心思，他活得更简单。安迪对"三姐妹"誓死不从，却可以对狱警与典狱长俯首卖命。瑞德只知道给受困的罪兄罪弟们搞来各种各样的东西。

但是瑞德和安迪，哪个又能更高贵一些呢？他们都在做着不齿的违法的事，和那些身穿制服的人并无二致。区别只在于，瑞德看起来做的是小恶，安迪做的是大恶；犯人做的是平常的恶，穿制服的做的是隐蔽的恶。

他们都很丑。因为在监狱里，没有没被"体制化"的。皮囊不一样，灵魂却相似。

三

老布是所有狱人的明喻。在老布自缢的屋梁上，写着"老布到此一游"。后来瑞德也在旁边加上了自己的话："瑞德也来过。"

老布入狱五十年后假释，出狱后在超市打工，可是，半个世纪大墙之隔，他早已对外面的世界感到陌生了。他可以在监狱里体面地坐在图书室，给犯人们偷运香烟、槟榔、美女图画，却无法满足超市里顾客稍显苛刻的加袋子要求。就像四十年后的瑞德，上厕所不报告经理就无法挤出一滴尿一样。高墙、铁丝网，隔开的不仅仅是自由，还有世俗的冷眼和个人的内心。但是回过头，高墙又没有成为阻隔冷漠的大山。冷漠无处不在，并不因为有高墙而被囿于一地。

老布选择了把自己挂到一根绳索上。如果没有对安迪的诺言，瑞德也差点儿选择重回监狱，尽管那里有暗无天日的"小号"和殴打，有不明就里的强奸和枪杀。

社会在狱犯的眼里，那是自由；在重返社会的老布的眼里，它并不比监狱干净和安心。

这是老布的救赎吗？也许并不这么简单。

也许老布一死，才能结束自己的罪恶，只留下"到此一游"的痕迹。

四

大墙可以隔住风，但拦不住一些鸟儿，因为它们的翅膀光芒太亮。安迪当然是那只光芒太亮的鸟。他挖通了瑞德六百年也挖不通的厚墙。从下水道出来之后，无罪的安迪逃脱了二十年的牢狱困缚。

但我并不为此欢歌。天一样蓝的太平洋，羽毛一般柔的海风，精致典雅的兰舟，都还不是安迪的心灵之所。它们，也只是安顿一个久无自由之身的人的短暂停留。善良如我们的观众，看到了被安迪送进监狱的狱警，看到持枪自杀的典狱长。可是，狱警又将重复安迪、瑞德、老布他们的旧路，在他们栖身的监狱，也还有同样的狱警、典狱长，手拿警棍，目光阴狠。他们面临的，也许继续是挺尸，也许继续是苟活。

诗和远方？诗在远方。就如安迪的"hope"，即使找到了，他也已青春不再。

而那座肖申克监狱，一直屹立。

《功夫》《英雄》：仁者无敌

这两部片子拍出来的时候，观者如云。那时我正年少，《功夫》让我赞叹有如此精妙的结构，《英雄》让我嘲笑对帝王的朝拜到了愚昧的地步。

十几年后再看这两部剧，前者，我继续笑着；后者，我哭了。

一

一个街头的混混，连文弱的四眼仔也打不赢，抢哑巴女人都找不到钱盒，最后却成了万中无一的绝世高手。他的行事本钱，是偷，提门拧锁，快得胜过飞旋的斧头。那个梦想用如来神掌匡扶正义的懵懂少年，误打误撞，铲除了世界最大恶霸：火云邪神——就想打死比他武功高的人的神经病。

这个世界的奇妙在于一切看似混沌，其实都有逻辑的关联。就像一个捣蛋鬼，他骑车乱撞人，爬墙乱涂鸦，偶尔还会从高层窗户里扔东西，去砸路人的脑袋，最后他考上了重点大学。从常理看来，他成功了，但我坚信，这样的熊孩子，未必成材，因为年少的时候，他背后必然有一个熊家长，你能期望他长大了，熊家长就懂事了？

所以，《功夫》是无厘头的杰作，它最多引人哈哈一乐，就像斧头帮砍死了无辜的人，也只是嬉戏一般。

二

《英雄》是唯美的，为了不沾惹污秽，连刀剑刺入身体，血迹也不会出现；就是人被刺倒下，也需要旋转几圈，裙裾飘然。当年笑话它，还因为秦王说的两个字：和平。

战国时，秦、韩、燕、赵、魏、齐、楚七国乱杀，民不聊生。那时候，男人活过四十岁都是奢望。人命如蝼蚁，财物若弃履。各国相争，无非一寸国土。无论秦还是其他六国，思想境界，大抵如此。因为秦横征暴敛，法令严酷，在征战中反而占了上风。秦王杀伐，何曾想过和平。即便统一天下，大修长城，也只是为了保住夺来的土地。长城下累累白骨，冤魂至今都在呻吟。

一个国家的安危，决定于内部。内部腐烂，外面砖砌石箍，也难免墙倒屋塌。内里仁治恤民，即使国灭，也有后人念兹思兹。所以国家不怕灭亡，怕的是执政者掠夺民脂民膏，以肥个人之私。秦不过二世便被推翻，长城固若金汤，也挽救不了改朝换代的命运。而汉唐因为吸取了秦的教训，杀伐虽少却万国来朝。

三

斧头帮的那段舞蹈，就像《教父》头顶上的那束光，令人赏心悦目。那时看这舞蹈，都有参加斧头帮的冲动，不亚于二十世纪七八十年代想参军的冲动。而无名、长空、残剑、飞雪的盖世武功，在那时因理想"宏阔"反而显得苍白。

古代剑客的剑术，和文人的学识没有两样。术高术低，文好文坏，只有一个区别：卖与不卖。卖给谁？帝王。这是不二的选择，也毫无办法。你不卖，只能终老山林；卖了，也许碰到明主，可以一展才华。但是这种卖，又被百姓耻笑。因为卖得低廉，百姓瞧不上。卖得高昂，如音乐家李龟年，失了个性尊严，又被百姓辱骂。李白也曾尝试去卖，为了获取高估值，还让高力士脱过靴。后来终于卖不上价，就出太液池，在大山名川这写几行字，那发几句牢骚，反而成了"诗仙"。无名、残剑刚开始咬牙切齿，不杀秦王誓不为人。可是见了秦王，竟一见销魂，放弃了。害得飞雪先杀残剑，再杀自己，绝命荒野。长空也弃枪归田，再不言武。

斧头帮和侠客，一个恶得显山露水、直来直去，一个善得假模假样、云山雾罩。所以当时年轻人就喜欢了《功夫》，老年人喜欢了《英雄》。

只不过十几年后的现实里，角色发生了对换：斧头帮样的恶，假模假样、云山雾罩；侠客样的善，直来直去、毫不掩饰。

四

《功夫》里的人只有组织依附，没有国家可靠；《英雄》中的人都是独行侠，却是一国臣民。这是不是这两部电影的最大区别？当年竟然没有发现这一点，所以看这两部电影时都忍不住地笑。

曾经有一个学生，写过一篇作文，题目是《我的祖国》。她说："我爱我的祖国，秦统一六国、文字、度量衡、驰道都让我骄傲；后来汉人的统治被边疆的蒙古所灭，有了元朝，我爱祖国的幅员辽阔，爱祖国天文地理的发达；再后来，满洲入关，建立了大清，我爱祖国的满汉全席，爱祖国占世界三分之一的国民财富……"终了，她写不下去了，因为作文逻辑出了问题：朝代一次又一次被推翻，她的爱有些盲目而混乱。就如飞雪，她后来也凌乱如泥。赵国已经不复存在，而她是赵国臣民，她爱和爱她的残剑竟然也弃赵国，为"天下"而投降秦国了。她爱的祖国在哪里？她的自杀，表面是残剑离她而去，更深层的应该是她感到了孤独，没有了祖国的孤独——何况她即将被迫要爱的祖国，秦国，与她有杀父之仇，这是让她难以接受的残酷现实。

飞雪让我想起一个名人——王国维。从清而来的遗臣。他也没有"改造"好自己，只好投湖自尽。

斧头帮，勇士和街头混混们，在《功夫》里没有了这样的背景，所以就没有了顾忌，想放火就放火，想杀人便杀人。他们率性放纵。死一个人是如此简单，就是因为他功夫比我高，所以就要他死。

如果，给他们一个祖国呢？

五

一股能叫人哭的力量，来自内心的挣扎。

电影《英雄》场面宏大，长空一杆银枪，在万人阵中如入无人之境。残剑、飞雪二人合璧，天下无敌。"十步一杀"的无名，取人首级，如囊中探物。

可是他们都没有了自己。那奇妙的"剑"字，融含着侠客们的一腔热血，也饱含着他们的挣扎。他们也许真的看到了黎民百姓，看到了天下苍生，但他们最终没有坚持自己的执念。十年磨一剑，他们最后都扔了剑，他们没有葬身于万军丛中，而是死于信念的破灭。

所谓的功夫，也许就是能够比别人多得一把米的恶行；所谓的英雄，或者只是一种江湖传说。聊聊可以，拔剑，我看就算了吧。

这在过去是，现在仍然是。以后呢？

《女狙击手》：一个真正的爱国者

柳德米拉·帕夫柳琴科是名乌克兰姑娘，1916 年 6 月出生在乌克兰贝里亚·特沙科夫的一个小村庄，后来随家人搬到基辅，并在那里上完中学。中学毕业后，她找了份临时性的工作赚钱养家，边工作边参加射击俱乐部的活动，并很快成长为一名出色的射击运动员。

1941 年 6 月 22 日，纳粹德国入侵苏联时，二十四岁的柳德米拉正在基辅国立大学读历史。和许多同学一样，柳德米拉选择休学，报名参军。她本来是被分配到后勤部队的，但最终，她凭借自己的射击优势，成为第二十五步兵师的一名步枪射手。

1941 年 8 月，第二十五步兵师奉命保卫位于巴亚耶夫卡附近的一个极具价值的山头。在那里，柳德米拉执行了她的第一次狙击任务，轻易就解决了两个目标。在敖德萨作战的两个半月里，柳德米拉一共打死了一百八十七个敌人。1942 年 6 月，正在执行狙击任务的柳德米拉被德军迫击炮弹炸伤，她不得不撤离战场。

从 1941 年 8 月狙杀第一名德军到负伤下火线的短短的十个月内，她已成功狙杀三百零九名德军，其中包括三十六名德军狙击手，柳德米拉创下的这个奇迹不但震惊了全苏联，也震惊了全世界。

这是真实的历史。

柳德米拉就是影片中女狙击手琳达的原型。然而，《女狙击手》对琳达形象的塑造所带给人的思考，远远超越了事件本身。

一

琳达无疑是优秀的，她果敢、沉稳、枪法出众。她能完成狙杀三百余名敌人的成绩，是她努力的结果，也是她优秀的回报。

但是任何一个成功的人，都是集体的塑造。在二十世纪九十年代，一部电视剧风靡神州。一时大街小巷都在热议这部电视剧，直到今天，仍被人津津乐道，各种断章取义而成的演绎剧层出不穷，甚至有专门机构对其进行研究，它叫《射雕英雄传》。"射雕英雄"叫郭靖。郭靖从草原上的傻小子，历经哲别、江南七怪、东邪西毒、南帝北丐、双手互搏老顽童等高手的指点成长为大英雄，屹立武林。他终成五绝之一，是因为他的每招每式里，流淌着各派武功的血液因子，他是集大成者。

琳达也是由新手成长为传奇。在她勤劳刻苦终至优异的背后，站着一任一任的男友：飞行员，两个上尉，胖胖的医生，都为她相继失去生命。她之所以能活着走进白宫，向战场外的人们讲述战争故事，是因为那些抛头颅洒热血的战友始终和她在一起，并为她抵挡着子弹和灾难。

可是在生活里，多少成功的人，只看到了成功中的自己。

二

无疑影片打动人的不仅仅有战火的残酷和胜利的来之不易。影片的四个单元，其实是四个爱情故事。第一个单元，琳达对飞行员的懵懂之爱。琳达向往战争，那可以报效祖国、实现人生价值。战争的残酷掩盖在对美好爱情的向往之下。第二个单元，上尉对琳达的爱情。他总是在她危险的时候出现，把她从死神的手中拉回。她知道了，爱情不仅仅是甜言蜜语，还有严厉遮盖下的呵护。第三单元，琳达对上尉的爱情。上次上尉的死，让她明白，在战场上，来不及表白的爱情，也许比战争更折磨人。但第二个上尉还是牺牲了。他教会了她，爱情是两个人内心的交鸣，没有任何附加条件。第四个单元，医务官对琳达的爱情。她坐着船撤出战场，而即将陷落的前线上，有那个苦苦追求她但她从未放进心里的爱人。

爱是什么？爱从来就不是索取。生命诚可贵，爱情价更高，若为自由故，两者皆可抛。在琳达的爱情旅程中，她的爱人，为她甘愿放弃生命，为她换取生命和脱离战争摧残的自由。

三

战争捍卫的是什么？捍卫的应该是如琳达一样的黎民苍生的自由。但是，战争历来不是只有琳达这一面。战争的另一面，他们为什么而战？

二战是德、意、日法西斯发动的，他们也为自由吗？他们烧杀抢掠，为的是土地，为的是摆脱国内的经济危机。但是战争如此复杂，从有人、有部落开始，几千年来连绵不绝，今后仍将继续。经过战争，一个国家可以庞大成帝国，也可能肢解成城邦。但这些只是成败的结果，不是战争的根源。

战争又如此简单，简单到为一点点利益，就可以动刀动枪。它可以借口抢一个女人，借口搜寻一个士兵，甚至不需要理由，就是我想打你。

如果琳达看到后来的苏联庞大到可以在全球呼风唤雨，她该多么高兴，因为被消灭的敌人中，有三百零九名是她贡献的，她因此而骄傲。如果她看到苏联又破碎为十几个独立的国家，她又会做何感想？假若她还能看到那些曾经为独立自由牺牲了众多战友生命的东欧国家又毫不犹豫地加入北约，她又做何感慨？

四

不能否认，每个人都必须有所依附，不管是这个国，还是那个国。我们再也回不去原始社会的村落。即便 FAST 发现了地外文明，一旦外星入侵，我们还将为自己是"地球人"而战。

这里就会有逻辑的断链。假若外星人来了，我们奋起抗争，我们是为美国、为中国、为俄罗斯而战吗？为亚洲、欧洲、非洲而战吗？

那时，我们也许只能为地球的生存而战！在这场战役中，国家最终将成为战争的牺牲品而将不复存在。谁来主宰地球？各国的政府都将失去合法性，一个地球球长的诞生，决定于与外星战斗的贡献大小。

这个时候，你是哪国的战士？

国，只是一个概念，人却是永存于某方土地的实体。

五

琳达开始厌恶战争。但她是战斗名人，敌方士兵闻她名而胆战心惊。她仿佛一枚隐形炸弹，时刻威胁着敌人。可是，前线流传着她已经阵亡的消息，这长了敌人的志气，灭了自家的威风。上级亟须将她仍在战斗一线的消息昭告天下，威慑敌人，提振士气。那时的琳达，一个又一个战友离她而去，一个一个挚爱的人牺牲了。她的手严重发抖，炸弹的声音时时在她耳内炸响。她经受着身心的双重折磨。她需要舔舐自己的伤口。

但是，上级，或者说政府，需要她握枪战斗的照片和消息。

她心乱如麻。

她最终还是被迫照了相。但在白宫做客的时候，她勇敢地扔掉了别人写好的演讲稿。她质问在座的听众："你们是否觉得，你们躲在我后面很久了呢？"

是的，她的潜台词很确切，我是为国而战，却未必是为了现在这个政府。爱这个政府，也未必是一味地唱赞歌。因为有那么多的人，已经忘了，那数以万计的牺牲。

《我不是药神》：他想活着，他有什么罪

如果他是小偷，被捉后，可能会吃一顿揍，活该；如果他贪污，被免去了职务，失去政治权力，活该；如果他杀了人，被押赴刑场枪毙，活该。

如果他病了，只是想活着，他有什么罪？

在守法与救人之间，有一个悖论。这种悖论，在二十世纪的《法不容情》里已经阐释。但是这种悖论的产生，却未必不能避免。因为法律，

本来是人制定的，也只是为了保护绝大多数的那部分人。如果"情"大于了"法"，就说明"法"需要修改了。

而现实里的个别法规，还未必是为绝大部分人设置的。

很多人认为《我不是药神》的名言是："世界上有一种病没法儿治，穷病。"可惜的是，这句"名言"没有看到"穷病"本来不是病，社会分工不同，资源掌握不同，规则倾向不同，都可能使人致穷，而这未必是个人努力不够所引起。不信，去看看立志致富、辛苦劳作的骆驼祥子的命运吧。

在西方的教义里，说人一生下来就是有罪的，他遭受各种痛苦磨难，就是为了赎罪。所以信教的人要忏悔。但是在同样的宗教中，也强调了所有生命都享有生的权利，生命不可剥夺，哪怕是自己。

可是，一个人无法决定自己的出身：是在富有国家还是贫穷国度，是在富有家庭还是穷苦人家。国家要尊重个体的生命权，这种尊重取决于人民在国家的地位，也取决于人民对国家的期望。

进一步说，国家的存亡与它对人民的维护息息相关。民心最终决定国运。

一个单位里，风正与否，与领导的作风相关，也与职员的要求相连。好的领导在体恤职员，维护与斗争相对平静；否则，就激烈。但如果把希望仅仅寄托在一个"好领导"的身上，则是幼稚的。因为领导的独裁、霸道、贪腐，或民主、同治、共享，可能随时随地依因而变。好的单位，应有共智制度的制约做保证。

国家的体制和各种制度也恰好与之同理。

《罗宾汉》：为暴政而战斗

罗宾汉在为英国国王理查而与法国战斗的时候，理查问他："你愿意说真话吗？"他说："愿意。"理查继续问："我的东征如何？"他说："这是一场杀戮。因为那个妇女在被杀时看着我，她的眼里没有恐惧，没有痛苦，只有怜悯。"

结果请罗宾汉说真话的理查囚禁了他。

后来，理查战死，弟弟约翰继位。大臣戈佛雷勾结法国，企图推翻并吞并英格兰，罗宾汉再次披挂征战。待打退法国进攻，曾经许百姓以自由的约翰王却再次翻脸，撕毁了百姓的美好期待，罗宾汉也被终身通缉。

一

在理查战死，罗宾汉逃离战场的时候，罗宾汉似乎看清了暴政的面目。他说："我不欠谁的劳役。"血腥的背后，死的都是无辜的百姓。但是当国家面临破碎之际，他又不能放下匹夫之责。

罗宾汉明明知道约翰的虚伪与冷酷。在诺丁汉，他看到了郡督的横征暴敛和好色，看到了主教的私欲熏心和对百姓的残忍，看到了百姓吃不上荤腥，连地里的种子都没有。约翰当着罗宾汉的面，把赏赐他的首饰做了欠税抵扣，国之重臣马歇尔被弃置，而内贼戈佛雷却被委以重任，结果暗通敌国。

实际上，对于善良的人来说，即使明明知道前面地雷阵已经埋好，绞刑架已经搭起，但总是对残忍有一丝期待。就像一位母亲，即使她那已经灭绝了人性的儿子杀了几次人，坐了几回牢，但还是期望他能在下次住手，浪子回头一样。

罗宾汉期望以自己的仁爱唤起那厮良知回归，但他却永远无法理解，那厮，本来就没有良知。

二

诺丁汉的人已经无米下锅。一帮烈士的孤儿，也企图围猎主人，在女人身上找点糊口的东西。于是，罗宾汉喊出了一句："臣民连活路都没有，何来作为人的尊严？！"

这让我想起《我不是药神》。印度人把假药做成了真药，假真药能让人活命，因此，本来绝望的年轻人，希望能看到儿子笑，听到儿子叫一声爸爸，重新唤回了生的渴望。真药贵得吃不起，成了病人望而却步的"假药"，短短半年，许多穷人撒手人寰。苟延残喘的病人，只能等死或者自杀。

假药与真药之间，存在着一条鸿沟，这条鸿沟叫利益。在利益面前，有的人肠肥脑圆，却张着血盆大口；有的人瘦骨嶙峋，心底却存着怜悯善念。

是的，活着都是奢望，何来生的尊严，何来命的自由？于是，罗宾汉接着喊出了两个字："造反。"

为暴政而战，有两层含义：一是如戈佛雷一样，助纣为虐，加入吃人血馒头的行列；一是如罗宾汉一般，反了，用自己的血换取做人的自由与尊严。

三

马里昂夫人，活成了"富贵不能淫，贫贱不能移"的标本。她既要照顾庄园里大大小小的吃喝拉撒，还要与郡督的好色与贪婪抗争。十年未归的丈夫，成为她的精神支撑。可以想象，当罗宾汉带回丈夫战死的消息，她内心是怎样的一种绝望！但是，她首先想到的，是不要告诉公公，风烛残年，他受不了这个打击。

马里昂夫人对于痛苦的承受和对亲人的呵护，让我们感受到，一个柔弱的女人，可以如此坚强、如此傲岸。

罗宾汉和他的战友，用刀枪为反暴政而战；马里昂，用自己的担当和勇气，为反暴政而战。

罗曼·罗兰说："世界上只有一种真正的英雄主义，那就是在认清生活的真相后依然热爱生活。"是的，认清了生活残酷的本质，而依然奋力前行，这才是真正的勇敢。马里昂夫人在反抗暴政的战斗中，并不输给手执利刃的罗宾汉。

因此，战斗，并不一定要明火执仗，更多的时候，是内心的坚守。外面凛冬严酷，而自己精神饱满。

四

罗宾汉在抗击暴政的路上，解救了众人，也解救着自己。覆巢之下，岂有完卵。在一个众人沉默的背景里，灾难来临，没有谁能独善其身。

没教养有几种表现：一是毫无意识的无知，一是无视规矩的耍赖，一是基于权力的跋扈，一是源于利益的蛮横。还有一种，是对以上行为的默认与纵容。无论如何，它们都是自私自利的劣根性在作祟。

这最后一种，往往被"远离垃圾人"这样的垃圾文章所蛊惑。今天你对侵犯别人的行为默认，明天别人侵犯你的行为，其他人也可以无睹。别人的权利在你眼里无关紧要，你可以用沉默打发，你的权利，也会在别人眼里可有可无。麻烦与不公，今天你逃离了它，明天它会找上门来。不信？等你出事，看你能逃到哪里去，又有谁会为你出头！

五

在法国入侵之际，罗宾汉拔剑而起，他为了祖国的存亡。面对约翰的暴政，他幡然醒悟，揭竿而起。

对待暴政时，一切修修补补，寄希望于当政者良心发现，是一种政治幼稚病。历史一再证明，只有不断地斗争，血淋淋的斗争，才可能把自由掌握在自己手里。因为暴政的剑是会杀人的，而对待暴政的剑，只有比它更锋利，才会赢得尊重。有人说，宋江是个投降派，我认为很对。宋江的"受招安"，葬送了梁山，葬送了好汉们的江山。

泡汤

沉下去，浮上来，手指拂开，抬头看，云朵飘荡起来，棕树的叶子摇晃起来，一池汤就都活了。

心随之也醉在温泉里。

唐始，温泉叫汤。在蓝田、鄠邑、眉县、周至，一个石头罅隙，就可能冒出一泓热泉。秦岭这一脉，汤池遍地，成为大自然对爱它护它的人们的回报。

圈一眼泉，箍几十个不同样式的池子，热泉里面兑上不同的药料，就可以泡去奔波的疲倦了。五味汤、长寿汤、硫黄汤、百草汤……这些池子大多是如此的名字。也有丝琴泉、花静溪、五福河这样的美名，泡在池里，让人沉浸于一种意境中。有奢侈高端的，还可能有如电影中美人沐浴的玫瑰花池、健身美体的啤酒温汤、养颜嫩肤的牛奶热泉。当然，鱼疗池是每家温泉店的不二标配，"饮水鱼心知冷暖，濯缨人足识炎凉"。一边泡汤，一边玩鱼，喜欢的不只是小孩子，很多成年人也喜欢。

我进的是望仙泉。水质发白，一层一层变浊，水面恰巧如一面镜子，泡在泉中望不到仙人，倒是看得清天空，也照得见自己。淡淡热气把人包裹起来，也把人从俗务中隔离开来，此时，什么都可以想，什么也可以不想，现在的自己才真正属于自个儿，云悠悠，风轻轻，水雾蒙蒙。

二十几个池子掩映在低矮的植物中，池子间"疏竹横斜"，飘过来的除了水汽还有热闹人声。从嘈杂的喧闹走向一方隐秘的角落，有一个沐灵池，水清澈见底。坐下，水漫到脖颈，有一种热烈的压迫感。伸展开腿和手臂，就像鱼在水里休憩，白白的，亮亮的。水缓缓地流动着，从身体每一寸肌肤滑过去，似柔风掠过琴弦。再浮起来，压迫顿去，浑身轻松。旁边那树桂花，香得恰到好处。再压抑的心情，到了这里，也会轻松透亮起来吧。

汗水流下来，星星就升起来。华灯暖暖，夜幕安静，有一种华彩，从水里亮堂出来。原来，抬头是一片星空，低头，又有了一片星空。心急的人在下午已经泡完，只有耐住众多诱惑，坚持到天黑，才能看到这天上、汤池星河的绚烂。汤池怎么能不算作一条河呢，它只不过是河的一段，河水被留在这方地儿歇歇脚。再小的镜子都能反射一束光亮，再小的池塘也能装下整个天空。现在，这明灭的星星就装在这汤里，一处汤，就盛满满天星。而泡在汤里的人，俨然是它们的主人，又有谁心里没有一段河和一河星空呢？

我泡的是临潼的汤。一千多年前，贵妃杨玉环和玄宗李隆基也在这汤里嬉戏玩耍。他们在朝罢，或者压根儿就不上朝，领一班美人，任大把时间流逝，任热汤把凝脂浸润。温泉撩拨起的爱情和浪漫里，不曾料到有范阳兵变、马嵬断魂。因而这看似平静的水里，既柔情缱绻，又风云激荡。一曲歌尽，长恨浩浩。他们的恨，就如这漫无边际的星河！

一个池子一个池子泡过去，回来，竟然又踏进了望仙池。这池名仿佛"姹女住瑶台，仙花满地开"。但我们皆是凡人，"所嗟皆俗骨，仙史更无名"。杳渺的仙人梦，也就只到梦为止吧。这是不是就像人的一生：

上苍给了我们生命，来过、看过、哭过、笑过、爱过、恨过，终点又回到了起点，哪个人逃得脱！

　　泡过很多地方的汤，终究没有找到想找的更切实际一点的名字：富贵汤。如梦人生是如此不易，富贵无一例外地成为每个人的热望。但在众多的汤林里，真没有一家设有这样的池名。也许，它在我们泡完，卸掉疲惫和阴霾，昂扬精神，继续奋斗的路上。或者就如薛宝钗所说，天下难得的是富贵，最难得的是闲散。闲散地泡汤，本来就是最好的富贵了吧。

动物凶猛

　　最近一直看《动物世界》混光景。在丛林里，只有吃与被吃，虽然有残忍和难受，但没有对与错、好与坏的判断，倒也不失为一种放松。

　　先说萌。最萌的当数熊猫。黑白相间的身子，毛茸茸的圆球球，走起路来屁股一扭一扭，憨态可掬。饲养员去喂食、去打扫，它会抱住饲养员的腿，缠着让人一步路都走不了。要是有树，一个爬上去，其他的会一溜儿都往上爬，后到的把前面的挤下去，再后面的，把刚占领树梢的又挤下去。下去的，再排队往上爬。乐此不疲。

　　在丛林，小动物能尽快站立、奔跑，就多了一分存活的概率。大象下崽儿后，会用鼻子把小象尽快拉起来；水牛产崽儿，不管自己产道是否还在流血，先要把崽儿身上的胎衣剥掉；瞪羚分娩后，小瞪羚几分钟后就会撒欢奔跑。护崽儿，是动物的本能。一只长颈鹿生了孩子，低头拱它、舔它，让它尽快站立起来。可是这只长颈鹿运气不好，它在生产时，已经被几只狮子盯上。刚出生的小家伙几次起身，还是没有成功。母长颈鹿似乎感觉到了周围的危险，它叉开了四肢，尽量让自己身躯低下来，脖子放下，一下一下地舔着小长颈鹿湿漉漉的身体，鼓励它。小长颈鹿终于站起来了，尽管踉踉跄跄。母长颈鹿脸挨着孩子，扶助孩子迈步。可是这时候，狮群已围了过来。母亲催促着孩子，推着它前进，一边抽空喷着响鼻，向狮群发出警告。但狮群对小长颈鹿垂涎三尺，它们扑了上来。一只狮子向母长颈鹿冲过去，长颈鹿使劲甩脖子，另一只狮子扑向小长颈鹿。母长颈鹿抬起两条长腿，踢向狮子。就这样，狮群有节奏，分工明确地一边佯攻吸引母亲和孩子分开，一边真攻小长颈鹿。终于，小长颈鹿被咬住，母长颈鹿一腿飞向咬住孩子的狮子。不好！狮子和小长颈鹿同时被踢中。狮子翻个滚跑向一边，小长颈鹿倒地不起了。狮群加快了进攻速度，母长颈鹿疲于应付。小长颈鹿已渐渐支撑不住。大多数狮子围住母长颈鹿。小长颈鹿被叼到了一边，两只狮子开始杀戮。母长颈鹿猛冲过去，对着两只向小长颈鹿下手的狮子一阵踩踏。狮子躲开了，可是小长颈鹿已经奄奄一息。母长颈鹿嗅着小长颈鹿，舔着它，用蹄子拨拉着孩子，期望它尽快站起来，可是，小长颈鹿已经无法站立，挣扎着，头却无力再挺直。狮群再次分头扑过来。母长颈鹿一次又一次打败狮子，但小长颈鹿也遭遇越来越严重的伤害，最终瘫软在狮子嘴边，只能发出微弱的哀鸣。母长颈鹿尽力护住小鹿，它叉开四肢，把小长颈鹿遮掩在自己肚皮底下。可是狮群并不放松攻击。母长颈鹿再一次被引开。眼看狮子又要在孩子身上来一口，让锐利的牙齿插进孩子的骨肉。母长颈鹿一个箭步冲过去，赶跑狮子，腾空前腿，猛地踩踏下来，双蹄重重地落在小长颈鹿柔弱的身上，小长颈鹿的哀鸣戛然而止。母长颈鹿威严地扫视着狮群，良久，它一步一步地走开了。狮群围住小长颈鹿的尸体，开始啃啮。母长颈鹿转过身，再次冲向狮群，它又一次细细地舔着满是伤口的小长颈鹿。狮群静静地围观着。母长颈鹿抬起头，望望天际，打了一个长长的喷鼻，头也不回地向远处走去，身后是狮群疯狂撕咬的声音。

最残忍的是斑鬣狗，所谓的非洲二哥，外号"掏肛大师"。有传言说，老虎为丛林之王，但老虎见了斑鬣狗，也要退避三舍。老虎再厉害，是一山不容两个的独虎，而斑鬣狗则是群体捕食，它们是最有纪律、最有组织的团伙，某种意义上，它们还是最聪明的猎手。一只虎与一群鬣狗大战我没有见过。但狮群与斑鬣狗的争夺，则是丛林里的常事。

对于斑鬣狗来说，剿灭瞪羚、角马、斑马是分分钟的事。像野水牛这样的庞然大物，也会在瞬间被一只斑鬣狗击溃。斑鬣狗比普通家狗稍大，后腿夹着尾巴，前腿比后腿高，走起路来，摇头晃脑，龇牙咧嘴，屁股摇摆，一副猥琐的样子。它在草丛里，耳朵转来转去，听着周围的动静。闻到有猎物的气味时，就悄悄靠近，然后猛冲过去。千万不要以为它有猎豹的速度，也不要以为它有犀牛的勇猛。不，它猛冲起来也好像是慢吞吞的。但它悄无声息地靠近，则是致命的。斑鬣狗有其他动物无法企及的咬合力，只要被它一口咬上，不死也得脱层皮。瞪羚、斑马、角马等，往往被它一口撕掉半张脸，或者肚子被撕开，肠子都流出来。但这都不是最残忍的。野水牛正吃草，斑鬣狗悄悄靠近，等牛意识到斑鬣狗靠近，逃已经来不及。斑鬣狗一头钻进野水牛胯下，一口就把野水牛的生殖器咬下来，牛瞬间瘫卧在地上。这时，斑鬣狗四下张望，呼唤同伴。成群的斑鬣狗闻讯从四下聚拢，可怜的野水牛的受难开始了。斑鬣狗从牛的肛门开始，一口一口往外掏肉，有时候整个头都探进牛的肚子里。牛的肠、肚、胃、心、肺，一件一件被撕扯出来。牛只有惨叫，一声接一声。水牛常常肚子被掏空了还活着，亲眼看着这群挨千刀的一点一点享用自己的身体。最后，野水牛连半块儿骨头都不会被剩下。从对手最薄弱、最要命的地方下手，让斑鬣狗成为无人敢惹的草原恶霸。

在人世里行走了几十年之后，我才发现，动物间的血腥杀戮虽然刺目，但那只是食物链的一环。而人与人之间有些不见血的啃啮，则是最令人寒心彻骨的。

面对死亡

在葬礼上，死者的亲戚朋友，哭得两眼红肿，而帮忙的人，该吃吃，该喝喝。有的地方，灵堂周围还摆上了麻将桌，哗啦啦搓麻将的声音，响一晚上。

有一位老者驾鹤而去，他的老伴一手操持着葬礼。她平静地给老人洗脸洗脚，擦洗身子，平静地给老人穿上一件件老衣，一层层地铺灰叠纸，布置棺椁，看着老人被安置在棺木中。整个出殡下葬，她手背在后面，跟着闹丧的人群，脸上无喜无悲地目送老人没入土中。那种平静与淡定，一度使我认为，她并不爱她的另一半。

我今天下班，回家进门，少了一种欢快的欢迎。女儿几个月前养了一只豚鼠，它黑白相间的皮毛，有点笨拙但还算可爱的模样，让女儿十分喜欢。每天回来，先逗它玩一阵，才去做作业。一次她把它捧在手心里，摩挲着它光滑的毛，不小心让它掉在了地上。豚鼠四肢抽搐，耳朵里渗血。她立马就哭了起来，一遍又一遍地求我们救救它，救救它！还好，豚鼠第二天缓了过来，一直活到今天。我们每天回家，门一响，它就会高声欢叫，告诉我们，现在屋里不只是它一个了，或者提醒我们，它肚子空了、饿了。今天它却没叫。

在它入住的盒子边，它倒在地上，四肢只是很久才稍微抽搐一下，眼睛睁着，呼吸几乎没了——它分明已经不行了。

爱人蹲在豚鼠旁边查资料，资料里说，豚鼠四肢抽搐，侧躺，头往后仰，四肢伸直，疲惫虚弱，一般是得了球虫病。这种病，会在几个小时里让豚鼠猝死。

而我现在更担心的是，豚鼠离世，女儿的小心脏接受得了这个残酷事实吗？

女儿喜欢养动物。以前养过流浪狗，狗被我强行送人后，她哭了三个月；养过一只猫，从楼顶坠亡，她又哭了一个月。这次呢，她是不是又会肝肠寸断？

女儿放学回来了。我们紧张地看着她，她把书包往沙发上一扔，然后看向豚鼠。

她蹲在妈妈身边，默不作声。一会儿，长长叹了一口气："中午回来，我看它就不太对。我也查过资料了。"又看了一会儿，她离开了。

这让我们放下了心，也让我感到，随着年龄增长，女儿的心理也发生了变化。

一个人成熟的标志之一，是看待世界变得客观与理智。伤心，不是非得痛哭流涕；高兴，也不是定要一蹦三丈高。感情的韧性，是在一次又一次的挫折困苦中磨砺出来的。人，一手迎接生命，一手送别生命。我们送别，开始是伤心欲绝。慢慢地，我们看到了自然法则与生老规律，心情渐趋和缓。最后，才能坦然面对生死，直面死亡。这是生活的过程，也是生命的经历。成熟的终极似乎是"不以物喜，不以己悲"。

但我们又似乎担忧，在这种至高的境界里，人会不会连起码的悲悯、疼爱、忧愤等情感也泯灭了。不是有人几次恋爱后就"不相信爱情"了吗？不是有人连续被坑后就觉得"世上没好人"了吗？

文化的力量，是把偏左或偏右的倾向，拉回到人类长期积淀的中坚价值取向上来。因而当一种文化倾向过于炽烈的时候，就会有力量迫使它"回归"。人的情感和文化的建构有异曲同工之妙，人的情感，也是把人类共同的中坚价值判断和表达方式，积淀为自己的基本判断和表达方式。"不以物喜，不以己悲"是一种极致，它不是没有了悲喜，而是深藏了情感波动。

你看葬礼上帮忙的人，当自己的知己、亲人仙逝，他们照样会哭得黑天黑地。帮忙时的轻松甚或淡漠，只是因为他们把亡者的生死看作了自然法则。豚鼠死了，女儿虽然没有哭，但她的叹息里，又遮掩了多少留恋与不舍。

可是那位淡定地为老伴儿送葬的老人呢？

那我也可以告诉你，不是她不爱自己的老伴儿，正因为深爱，一辈子她无愧于老伴儿，她是在用自己的一丝不苟和自己的爱人做最后的深情道别。但你没有看到的是，在守丧的子孙都离开后，她声嘶力竭地哭了一夜。

我怎么知道？

因为，她是我奶奶。

一壶春秋唇齿香

"烟笼寒水月笼沙，夜泊秦淮近酒家。""长风万里送秋雁，对此可以酣高楼。"凡人捧酒在手，一杯交情，三杯交心，酒里看你，如影随形。

一

生活既然有清淡，就不能没有浓烈。冬日农闲，一众乡亲围坐在炭火旁，温一壶老酒，聊着家长里短、田间地头。火烤着手脚，酒暖着肠胃。酒香慢慢氤氲了屋舍，也浸润出袅袅情谊。平日里有些误会和罅隙的，有和事佬会把双方硬扯进熟悉的酒味，烧几盘下酒菜，一杯一杯地敬酒。几杯清酒，几箸菜肴，和事佬巧舌盘旋，双方在酒精的辣炙下前嫌冰释。这里，酒当然是"媒婆"。走得近的，自然喝不用劝，自己动手，直到脸脖绯红，舌根回转不过口腔，然后心满意足地回家，踏得一路月色摇晃。

酒与席是孪生。论酒席，还是乡村的婚宴最好。因为是一辈子的大喜，喝酒就没了顾忌，何况不醉倒几个人，主人家会以为没有把客人招待好。在记忆里，二狗子娶媳妇的时候，人就醉倒了一溜儿。

二狗子为人憨厚爽直，肥沃的土地把农民所有的优点给了他，他也因此娶了最美的新娘。席间，劝酒的人不下五六个，酒箱子打开就收不住了，八凉八热的席面成了美酒的点缀。席是一棚接一棚地开，陪酒的是一个接一个地倒。到最后，二狗子两口子只能自己上。如花的媳妇端酒，欢喜的二狗子擎杯。先劝吃："三婶，这酸汤您抿一口。""二婆，您牙不好，这米蒸肉您咬得动。""四爷，咋说今儿个这喜烟我得给您点上。"……然后敬酒："哎呀呀，爷，我是您抱大的，别人敬的酒您可以不喝，孙娃我敬爷的酒得喝了。""婆呀，那年我家里穷得没米吃，您给了一碗苞谷面，我们一家像过年哩。这酒我给婆添一点。""黑猪哥，你看你，咱哥俩啥都不一样，就这个猪一样的黑一模一样，你说这咱们还不喝一杯？""哎哎，艳娘娘，您跟我妈一起耍大的，你就把我当成你的儿，儿给娘娘端杯酒，就当是儿在娘屋里走，你碰一下，我两个都喝了。"……

一棚席敬完，二狗子说话有点口吃；二棚酒敬毕，二狗子走路有点摇晃；三棚酒喝到一半，二狗子把酒瓶子举向空中说："唉，我和囡囡结婚哩，囡囡脸皮薄，我替她给大家道谢了。我……我……我喝了。你们晚上来闹洞房。"一仰脖，半瓶子酒"咣荡"进了喉咙。发小赶紧跑过去，身子一蹲，把二狗子往肩上一架，扛上就走。二狗子哇地吐起来，就像发小背后挂着一个水龙头，走一路，洒一路。

客人喝好，主人喝倒，二狗子的美，在醉里。

二

文友相见，无酒不欢，多少诗名与酒万古流芳。刘禹锡扬州酬宾，初逢乐天饮酒见赠："今日听君歌一曲，暂凭杯酒长精神"；武判官要归京，岑参"中军置酒饮归客，胡琴琵琶与羌笛"；恬淡如王维，也偶尔入山潜林，"襄阳好风日，留醉与山翁"。

我本来不喝酒，但似乎沾染文字的人都好一两口，想借"李白斗酒诗百篇"的光。一群文友在杯盏推让中，激发才思，相互启发，彼此勉励，也是乐事。十月有朋自京归来，十余人相聚青荷文旅。主人从房前地垄竹架间摘了时鲜，辅以鸡鸭鱼肉。酒过三巡，有善拳令的开始撸袖叫板，于是一桌人纷纷应战。先来螃蟹拳："螃蟹一啊爪八个，两头尖尖这么大个，眼一挤啊，脖一缩，爬啊爬啊过沙河，哥俩好啊该谁喝？""螃蟹二啊爪十六个，两头尖尖这么大个，眼一挤啊，脖一缩，爬啊爬啊过沙河，哥俩好啊该谁喝？"双方各出一指数并同时喊一拳语，同时猜。一人猜对则胜，念"该你喝"，败者念"该我喝"。"嗞——"一盅酒下肚。广东友人不服气，用广东酒令应对。"一广东，两广东，三星高照两广东。""一广东两广东，六六大顺两广东。"数字没猜中，愿赌服输。陕南有唱拳令，唱词音韵缭绕，歌词现编现用，极考应变。"哥哥你河边走啊，小心鞋湿水啊。文章好几堆啊，酒哥喝五杯啊！""兄弟你河边走啊，小心鞋湿水啊。哥哥不如弟啊，酒弟来八杯啊。"指间变换里，藏满了彼此的敬重和佩服。

桌上的老酒，当是最佳的福酿。在这里，是一种情调，一份祝福。酒醉了，人生醒着。

三

在家里待客，必然要上酒，要么从储物间的角落里摸出一瓶落满灰尘的陈酿，要么从酒柜里扯出半壶最贵的特醇，都是家里最好的。好酒，是招待客人的一壶冰心。

有一位和我从小长大的朋友，在求学时期，形影不离，工作之后各忙各的，少了联系。但好朋友的感情又岂在朝朝暮暮。人生无多，对知己来说，从来不曾提起，也从来不会忘记。一弯眼眸，足以明了心迹，一抹投足，尽够知晓欲语。聚首酒桌之上，喝到尽兴，或者一汪心事喷薄而出，或者两桩喜事眉开眼笑，这些都和在绵厚辣甜的酒水中。言犹未尽，展被而坐，促膝谈心，床头灯下，杯盏犹有余香。

孩子安睡。而那边的卧室里，红酒撩拨后的两位女士，一边赞叹着自己最亲近男人间的友谊，一边互相甜蜜地批评着自己男人的不是。知己的走动，就在酒水的麻烦里，彼此心心相印。家庭的幸福同陈年老酒一样，余味绵长。

日月似梭，人生如琢，眨眼就有阴晴圆缺。但无论左右还是沉浮，都需要自我抚慰。"东篱把酒黄昏后，有暗香盈袖"是一种境界，"常记溪亭日暮，沉醉不知归路"也不啻一种解脱。

如一壶酒，不言而舒展，且把春秋留驻。

鱼缸

当您了然无趣、惘然若失，或者四顾找不到话题，或者阳光从帘缝里探进，零零落落地栖息在地板上，挠头抓腮揪不住思绪，这时您瞧，那儿就有一缸鱼，鲜活地游在目光里——它们正给您递话呢。

马老板家房子气派，硕大的鱼缸也器宇轩昂。别人家的院子大，砌个照壁聚财。他家客厅大，悬只鱼缸聚人气。一进门，一缸红的、黄的鱼游来摆去，在一排射灯照耀下，金碧辉煌。水底，几丛鱼草如杨柳微曳，三五太湖石静卧碧池。鱼群不时从石孔穿进穿出，如织布一般。

最引人的是那只琵琶鱼。

"琵琶鱼，就是清道夫。"马老板眼睛斜了斜说，"这种鱼几乎只要有水就能存活。它们经常吸附在水族箱壁或水草上，舐食青苔，是水族箱里最好的清洁工。"据马老板说，刚买鱼缸的时候，还没有投放琵琶鱼，金鱼、海鱼的排泄物，一周就是一层。偌大的鱼缸，换水，清洗，得忙半天。等到清道夫入池，那是风卷残云，池水净了，太湖石重新泛了清晖，那些花花绿绿的鱼儿，看起来更加鲜艳夺目。

这鱼也能吃。据马老板说，在泰国，有商贩把琵琶鱼剖开，铺上大料，撒了黄酒，架在火上烤，倒也有些滋味，泰国人称之为"神仙鱼"。也有朋友说，这鱼吃东西不择好坏，所以满身长满了斑点，黑不溜秋，多刺少肉，腥臭污秽，难以下咽。一般都是晒干粉碎，做禽畜饲料。

马老板说："由于是外来物种，这种半圆桶形的鱼在国内还没有天敌。它在江河中很容易大量繁殖，会威胁本地鱼类的生存，破坏生态链。你看，这鲜嫩的鱼草，叫它啃的，过不长时间，就得重新栽种——可是这又有什么关系呢，有它，我的鱼缸清净啦。"

和马老板家不一样，王局长家的鱼缸放在卧室里。有卫生间，有工夫茶桌，有大皮沙发，当然就得有观赏物。因为缸里的鱼儿虽有眼睛，却只能看不会说，虽会游动，却无声无息，甚得人钟情，当然就成了大卧室风景装饰的不二选择。一道帘幕，隔开那些射入水中的光亮，卧室里倒也明灭错落，别有洞天。

王局长独喜欢食人鱼。他在原来的鱼群里投入了几条食人鱼，不几天，鱼缸里就只游动着这几条食人鱼了，其他的鱼连个渣渣也没剩下。从此，他喜欢上了这嘴尖尖、身小小，却天下无敌的小鱼儿。

得闲，他会坐在鱼缸边的高脚凳子上，一手端了盛着茅台或者法国红酒的杯子，品咂着美酒的味道，一手往缸里投进一点吃剩的肉食，看食人鱼们左撕右抢。王局长最喜欢的还是往缸里投一两条小金鱼，看着金鱼拼命地逃，那一刻，金鱼的鱼鳍仿佛都要扭断了，但终没有逃脱被追上的命运。这条鱼上去啄一下，那条鱼上去啄一下，金鱼很快就翻了肚子。可是金鱼的身体还没有停止颤抖，那几条食人鱼已经团团裹住了它，很快金鱼被分尸，进了食人鱼的胃囊。鱼缸里只洇散着一片淡红，就像杯中冲淡的红酒。

王局长通过自己的养鱼经验，也同意一些科学家的意见。那些科学家宣称，食人鱼们不该有这么多恶名声："它们集体行动只是为了保护自己不被更大的捕食者所伤害。"

"怎么能随便怪罪一种动物呢，它们有自己的生存之道。"王局长嘴巴撇一撇说。

李作家的鱼缸就低调得多。目光所及，先是一大堆书籍，又是一大堆书籍，然后是一把破椅子，紧挨着一张旧书桌，上面照样是一摞一摞的书。然后，在书桌的右边凸出来一个鱼缸，硬是要和书桌抢风头似的。

因为房间里挤满了书，这鱼缸显得有些尴尬，也有些力争上游的勇气。四四方方的，小心地放在桌边上。里面没有换氧装置，上面也没有笼罩射灯，不注意看，还真不容易发现它的存在。李作家就曾几次把肘边的书不小心蹭到了缸里，惊得鱼儿乱跳一阵，然后又开始在水里的书边游来游去，好奇这个天外之物。

李作家养过两缸鱼。开始养的是灯鱼，红绿灯、黑莲灯、宝莲灯等。灯鱼是一种群栖性鱼类，群游于水草之间，体色绚丽多彩，尤其身上的红光、蓝光或绿光，可以反射出闪烁的光芒，被誉为"会游泳的宝石"，适合为暗淡的书房增加点亮色。当然，在李作家的心里，他更喜欢"灯鱼"这个名字，说它是暗夜里的灯塔也罢，说它是路上的明灯也行。总之，这诗意既来自这种鱼的群居而栖，也来自它们对水温和水的 pH 值十分敏感，它们大部分喜欢酸性水，还因为灯鱼怕强光和干扰，尤其是不要惊吓它们，这和他的性格暗合。

古人读书，有美人相伴，暗香盈袖。李作家读书，有灯鱼在案头，也别有情趣。

但有一次他买了一条大些的锦鲤，这些灯鱼不出一月，死了个干净。查了资料他才知道，灯鱼是适合同族的群，却不适合与大型鱼类混养。外形硕大、性情凶恶的锦鲤一入群，早已把这些会发光的小东西吓破了胆。灯鱼群游乃是为了使群体看起来庞大，让其他鱼种不敢贸然相侵，颇有守望相助的感觉。只可惜"灯鱼只能与茂盛的水草、明亮的灯光搭配，否则难以凸显灯鱼异于其他鱼种的美感"。李作家总结道。

后来李作家养了另外一种鱼：鲫鱼。他买了四条身长约三厘米的观赏鲫鱼放入缸里。它们你追我赶，游得好不欢实。但是令李作家莫名其妙的是，这四条鱼中有三条在大半年的时间里，接二连三地跳缸自杀了。头一条鱼跳出缸来的时候，李作家赶忙把它捧起来，放回水中，可没几天，它趁李作家不在，又跳了出来，死了。然后是第二条，第三条。现在缸里只剩下一条鱼活着。

这些鱼为什么会突然连续寻短见呢？李作家再查资料。原来，这种鱼有攻击性，它要么去攻击别的鱼，要么会受到别的鱼攻击。被攻击得受不了了，就用跳缸来逃避。

李作家是用心读书写作的人，他不愿意再为鱼的事情伤脑筋，所以现在，就只有这条鲫鱼静静地陪着他。他后来就把这条鲫鱼叫"静静"。读书累了，写作倦了，李作家会对着鱼缸一扭腰，说："静静，我想你了。"

和马老板、王局长、李作家聊天儿，不要怕把天儿聊死，因为他们有鱼缸。往往山穷水尽，缸里的鱼会让您柳暗花明，偶尔山重水复，缸里的鱼会让您云蒸霞蔚。

当然，他们常常会在最后问您："您养的什么鱼？"

我的回答是："鱼缸只是摆设之一，但河海里分出的每一滴水，都自成一个世界。缸里的鱼，也是一个社会。如果我将来有了鱼缸，我会养一窝鱼苗，成群嬉戏。它们差不多大小，性情也差不离儿。因为，不在一个层次，就没有理解和尊重。"

游戏

　　游戏时是如此寂寞，我们总是被喧嚣淹没，却没有看见自己。

　　扑克是游戏之王。几乎没有人没玩过扑克，要么"红桃三"，要么"争上游"，要么"三带二"，千变万化的玩法里，始终秉持着竞争。二打二是竞争，一打三还是竞争。胜败是扑克游戏之魂，胜之，趾高气扬、心满意足；败之，垂头丧气、灰头土脸。但打牌往往又不是一把牌的胜负，它是量变引起的质变。心态不好的牌友摔牌骂牌，心态好的牌友给自己加油鼓劲，期待下把再来。就如打牌收工，走在夜半的街头，只有路灯安静地亮着，街道反射着淡淡的光晕，一下子变得宽阔起来，也敞亮起来。白日的浮躁和喧嚣，消失在茫茫夜色里。整座城市酝酿着力量，在等待下一个黎明。人生如一张白纸，期待书写新的笔画。就像我们每个人，不可能把每天的事都积攒在心里，也不能对所有事情都留一份档案。房间需要定期扔掉旧了的、破了的、无用了的家什，人也需要把一切有消极影响和暗示的东西及时清除。我们经常要给自己一个机会，清零。辉煌也罢，沮丧也罢，都抛开去，以昂扬的姿态，迎接崭新的自己和崭新的行程。胜败何止在一时，那是一生的赌注。

麻将是平民都爱玩的游戏。但麻将又往往和赌博相连。所谓的彩头，只不过是赌资的美名。小赌怡情，大赌伤身，豪赌要命。在麻将的哗啦啦搅拌声里，也搅拌着多捞几个铜板甚至一夜暴富的欲望。

久在牌桌，欲望就像是一辆没有刹车的大货车在下坡，你越想停住，它跑得越快。为了避免撞山或者坠崖，只能随它舞弄。敬畏就像爬山的人力车，你努力着努力着，还可能滑落到山脚下。这也使很多人宁愿要控制不住的疯狂，也不愿付出汗水爬高那一寸。就如多少高官，在权力的牌桌转圈，一旦染上嗜钱的瘾，就再也不能罢手，最后只能掉下山崖，粉身碎骨。瘾是一种病，碎碎念，不停地被推送网页，不断有人发微信，都是瘾病。得了病，要么成仙，要么做鬼。

如果魔术可以被称作游戏，"鬼手"王保合的"三仙归洞"是大值一谈的。他用三个小球，在三只碗里做道场。棍子一指，小球就会凭空跑向指定的碗里，比量子挪移还要迅疾。这个魔术成为传统魔术的经典。其实，不管王保合把袖子撸得再高，魔术的成败都和袖子无关。这只是障眼法。他的成功在于手段。一只手拿球，在另一只手抽出的时候，那球已经转移。揭碗的刹那，球要么被放入，要么被拿走，都在手指电光石火的动作。而这动作被掩盖得天衣无缝。"魔"是捣鬼动作基础上的思想麻痹，国人把捣鬼作假叫作"日鬼"。王保合的"三仙归洞"和其他魔术师的魔术一样，都是"日鬼"的产物。很多看起来神秘的事物，谜底揭破就不再神秘。

杀戮游戏是动物界的日常。在动物界，老虎向来被人尊崇，"万兽之王"，威风凛凛。在非洲，还有一种动物也高居食物链顶端，那就是"二哥"斑鬣狗。不管是狮子、豹子，还是庞大的大象、犀牛、河马、长颈鹿、野牛，如果斑鬣狗真想吃它们，它们的结果只有一个：非死不可。但人们尊崇老虎，却厌恶斑鬣狗。原因是老虎从最关键的要害下爪，一击致命，减少了被食者的痛苦，它给弱者也留有一分生命的尊重。而斑鬣狗会从被食者最薄弱的肛门下嘴，一点点掏空动物的腹腔，使被食者慢慢感受自己死亡的过程，它对死者施以最大、最无情的凌辱。因此，受人尊敬者必须也给人以尊重，即使是对仇敌，即使兵不厌诈。《特洛伊》里的阿喀琉斯、赫克托尔可称为老虎，一些神剧里的某些"英雄"则被塑造为鬣狗。

有一个游戏叫"天黑请闭眼"。"上帝"叫"狼人"在众人闭眼的时节杀人。"天亮后"让众人猜测是谁杀的人，然后投票，得票多的人，也就是众人认为是凶手的人会被处死。然后"天黑了"，"狼人"再次举起屠刀，众人再次投票处决"凶手"。这个游戏一出来随即风靡一时。游戏玩家一方面要在凶手认定时慷慨陈词，把自己心目中的凶手论证为凶手；一方面在自己与"狼人"做队友时为保全自己而指桑骂槐，把罪责引向无辜。游戏的结果有两种，为恶的"狼人"一方被歼灭，或者无辜的众生被屠杀。他们都死在自己的手里。那个世事洞明的"上帝"，明确地叫"狼人"去杀人，也眼睁睁看着无辜人被诛杀。他在众生群情激昂的辩证辩解里捂嘴偷笑。其实，他是游戏里唯一的赢家。世界大抵如此，历史也一直这样书写。

每天我们都在游戏里。《CF》，用有限的生命创造无限的奇迹；《魂斗罗》，阻止前进的，往往不是前方的敌人，而是背后的黑枪；《超级玛丽》，看的不是你跳得多高，而要看你究竟跑得多远；《贪吃蛇》，打败自己的不是"糖衣炮弹"，而是自己越来越长的身体……

说到底，游戏是人的本能。玩中的人生和人性，就藏在某个环节的背后，听凭自己指点。

揉沙子与看风景

　　风卷尘沙，进了眼睛，难受。所以人们常说"眼里揉不得沙子"。沙尘迷了眼，遮住了视线，就看不成风景，犹如瞎子一般。

　　一路旅行，风景如画，心情也很舒畅。可是，一次价格欺诈，一个意外祸端，让整个旅程都蒙上了阴影。多少年之后，美丽风景早已淡忘，但那不快，却成了永久记忆。它仿佛眼中的沙子，虽然在生命历程中只是短暂停留，颗粒微小，伤害却巨大。

　　看一个人也是如此。一句无意识的话，一个不起眼的动作，一件不光彩的事，都可能遗恨长远。即使后来有心弥补，但若想重获信任、重塑形象，代价则要百倍。

　　有一位朋友，平时嘻嘻哈哈，做事大大咧咧。大家对他印象很糟，甚至一段时间，圈内朋友都对他敬而远之。直到多年以后，他沉潜在基层，写出来几本书，大家才转变了看法。原来他也是有追求、有理想，而且有才华的。

　　俗话说"金无足赤，人无完人"。看待别人的时候，往往有吹毛求疵与宽以待人两种态度。如果是宽厚之人，看人一般眼光柔和。有豁达胸怀的，一般跟学问学识无关，而跟年龄几成正比。

在学界，文人相轻是通病，你瞧不上我，我看不惯你。其实这在各个行业都相似，只不过文人爱叨叨，把人性的一个普遍弱点，唠叨成了不容原谅的缺点。别人的一个地方不如自己，就像眼里进了沙子，其他的优点通通视而不见，一丑遮百俊。年龄大了些，经历了更多的风风雨雨，也吃过了别人对自己的"揉沙"教训，这才会敦厚起来，看别人也顺眼了，眼里也有了别人的风景。

对别人要求高的人，往往是完美主义者，倒未必是坏心眼儿。期望整个世界高大上，这时候，看人看事，看的多是缺点和短处。这样做才对，那样干才好。可惜，哪里有完美无缺的天地。春夏秋冬，一时冷一时热；一轮明月，也有阴晴圆缺。年年八月十五吃月饼，也不一定年年都有月亮出来捧场。高要求只是理想，心里可以无限渴望，但眼里却仍然需要多看看美好。

一件事情的成功，不是按照完美的标准来实现的，反而是多方妥协的结果。完全依照自己的爱好和兴趣志向，严格按自己的准则要求做成的事，是很难碰到的。因为人不是孤立的，在社会上混，就要接受别人的议论和意见。那些期望一击中的或者以一己之力改变环境的，都只是憧憬，绝难化作现实。

有人把人的成长比作石头。石头经过江河湖海的冲刷磨砺，从原来的棱角分明，变得圆乎乎、光溜溜。人经过时间的淘洗，才知道即便要维护自己的利益，也不能妨碍别人的好处，这就是成熟。一块儿圆石，没有了的，是棱角，而不是丧失了锐利，从中炸开，照样可以砍天割地。一个人的成熟，也不是世故，因为内心的方正，谁也侵蚀不了、剥夺不去，关键看自己怎么坚守。处在江流中，很多时候有无奈，但更多的是自己的选择。

看别人如眼中之沙，久了，可能自己更是别人眼中之钉。看别人绿叶之上还有红花，自己也会成为花海里鲜艳的一朵。为实现理想，放低身段，先放弃一些自尊颜面，可能会走得更快更稳。干让人愉快的事，做让人舒服的人，有时候会有些违心，但并不背离常情。就像人眼里迷了沙子，刺激得泪腺里流出了泪水，冲去了，眼睛更加清澈明亮，既知道了要保护好眼睛，还能看到更加别致的风景。

望天辽阔

我曾经刻意地寻找天空。在北方，腾格尔沙漠的边缘，晴天是看不到任何云彩的，风把一切都刮走了。站在太阳下，或者开车奔驰在笔直的道路上，我没有觉得辽阔。因为日月高，天空何漫漫，但不是辽阔，只有寂寥被一声雁叫唤醒，继而黄沙蒙蒙。

在洱海之滨的云南，云是白的，一忽儿如柳絮，一忽儿如棉堆，把蓝色的天幕隔来拉去，但行走天地间却感受不到煦风，只望见空中风的足迹，云朵的变幻如人心投下影迹，并不畅快。

某一天风雨大作，雷鸣从天际滚滚而来，闪电劈开乌云撕裂混沌，如剑刺破穹幕，暴雨瓢泼，狂风乱舞，大地颤抖，人人弓腰掩头躲向屋内，雨帘把天遮住了，把人也遮住了。千钧雷吼，天地战栗倾覆，那也不是辽阔。害怕恐惧攫住了万物。

我是在夜间感受到了辽阔，星星闪亮，月亮半遮，蛙鸣把天地推向无垠。夜间的秧苗长在地里，也长向天上。暗绿色就是天幕，那朦胧、婉约像极了李清照的词，那时穹隆之下只有安静的美。树木韬光养晦，稻穗吸浆饮露，可以闻得见丰年的隐约香味。

及至太阳从海面升起，天就亮了。蛙鸣停下，光亮把星月吞没。柳树摇曳的舞蹈，给天空抹涂了羞涩和温柔，热并不消退，咄咄逼人，视野在屋檐阴影下延展，更显辽阔。

这是一种很奇特的感觉，黑夜的天是充实的辽阔，白日的天是真的虚旷。

如果再往前去，还会遇到那个夜晚，有一队船，夜幕裹着大炮从英吉利而来。船上站着翘着胡子的洋人，他喊了一声开火，硝烟吞没了虎门。那一年是1840年。这之后的百年，我们见过狼烟四起杀伐响彻天空，厉鬼狰狞"天空绝塞闻边雁"，尸横遍野"河渠烟敛塞天空"，残垣断壁"旄头已落胡天空"，唯独没有见过朗朗天空以及"楚天空阔月成轮"。这个夜晚仿若一个隐喻。

"六幕天空万里心"，转瞬又是一个庚子之春。天明了暗了，窄了宽了。有"竹外天空晓"，有"响尽霜天空"，有"天空雁避雕"，有"天空闻圣磬"。经历过了太多，才感觉天下的纷扰。彩云明灭间，人心、人性一一浮现。

我再次触摸到了夜空般阔大无边的恐惧和忧伤。

我们安居在大地上，忘记了抬头看看天空；即使看过天空，却又忘了凝望、怀想、静思！

我突然明白，天空从来不会因为有乌云而被遮没，夜晚再黑也会有亮的一刻，正是黑夜的无边，也才使天空显得这般辽阔，这般让人热血澎湃。

独居

一

把一扇门打开，关上，再打开另一扇。重复了几遍以后，我知道，这是徒劳的。

有一泊湖，几千公顷大，湖上有座岛，栖息着数百种鸟。每到春夏，岛上的鸟筑巢孵蛋，找食哺育后代，成千成万的家庭热闹开来，五湖四海的人也向它积聚而去。这是青海湖和湖上的鸟岛。妻女去看鸟儿在湖面和山间飞舞，加入这热闹，独独留下我看家。

待到秋季来临，那里的鸟将和去看它们的人一起，奔赴温暖的地方。鸟岛也会毫不意外地独居两个季节。没有什么能阻止它们周而复始。

留下来是我自己的选择。青海湖多年之前就去过了。碧波万顷的湖上，鸟岛显得小而逼仄。那么多的鸟堆成团儿，一忽儿飞上天空，一忽儿扎向岩石，石壁上它们开凿的密密麻麻的巢穴也显得局促。但候鸟是喜欢群居的，春季它们迁徙到鸟岛，冬季飞至南方，前呼后拥、左右勾连，以群的形式捍卫着族群的安全。这类似人。社会性让人处于人群的网格而难得独居。

不要以为在自己的家就是独居。

二

我是放假才能闲下来。每年劳作至夏季最热的时候，单位会有几周假，几乎和学校的暑假同步。人是苦贱的，劳碌惯了忽然间停顿下来还颇不适应。早上早早醒了，拾掇好了要出门，才想起放假了，怅怅地放下车钥匙，坐在茶几旁很是惶惑不安，不知道不干工作自己该干什么。家务平时是妻子侍弄的，自己是"甩手掌柜"。孩子大了，不说还好，一动嘴就是吵架，小小年纪，她早已有了自己的主见，自己那些老黄历多少和他们的识见有了距离。让他们自主是对年轻人最大的负责，就如她去青海湖自己找旅行社、自己规划路线住宿、自己决定携带哪些行李一样。大人所要交代的，只有注意安全。

随着年龄增加，孩子正从与我们的"同居"中出走。

三

窗外雨声淅沥。今年的雨水特别多。

有报道说南方好几个省份遭了灾，房倒了，厂泡了。北方的天看样子，雨也不歇点地下，壶口公园关了，好多县城淹了，汽车漂在水中。也有报道说，网络发达，传播速度、广度远非从前，从前的水灾比现在大，但没有网络的传播，反而显得小。

听着时大时小、时急时缓的雨声，我是焦渴的，因为小区的水管断了一整天都没有修好。可惜，屋檐上挂下来的雨水喝不成，谁知道空气里被排泄了什么，那些雨水里含着什么危害人体的物质。屋外，老头老太们打着伞，一歪一歪地急急走着，他们手里提着买回来的桶装水。

天上的水被人为地与人隔离了。

四

手机里叮叮咚咚地响，那是微信聒噪的声音。微信和生活关系越来越密切，我却越来越少看它了。微信是另一个社会，层级森严。

有些人就像鸟，自己在崖壁上凿了一孔巢，好像整个鸟岛都是自己的，自由放肆地想怎样就怎样。岂知整个湖都是青海的，何况小小鸟岛、区区巢穴。

我开始逼迫自己和微信切割，并不仅仅是为了保护视力。

五

灯光如豆。翻开一本书。

不由想起昨夜的酒局。那是代表古都气象的一间酒肆。菜品很有诗意，一款"一骑红尘妃子笑，疑似南州荔枝来"，绿树苍翠间，糯米做的荔枝红果缀在枝头。一款"笔墨春秋"，笔是巧克力，墨是蜂蜜汁，纸上有诗，瓶中藏酸梅汤。屋子的格架上，是线装的四书五经、历代名著，角落藤篓里则散立着书法卷轴。我们打开线装古籍，是现代印刷品，横排、简体，从左到右，只有封皮是"古"的。书法轴书更是塑料制品。

我猜，李白、杜甫、苏东坡等人隐匿在这种"古都气象"中，怕也会酒醉呕吐吧。

何止呢，现在作家比读者还多。有一位作家说："正是作家在浪费纸张，把一片一片的森林变成垃圾。"目下我翻开的这本书，读了十几页，也没有看到自己寻找的东西，倒是作者像是一位闹市"隐士"，铜板的声响轰轰烈烈。

那盏豆大的灯光，正在渐次熄灭，古都，以及其他地方。

六

胖虎在呼呼大睡，四仰八叉地横在过道中间，睡梦里也怕自己被主人遗忘了。

胖虎是只猫，我为了把它和这威猛的名字连起来，专门写了一篇文章，记述我们对它的威吓、阉割、控制。又觉得它是人类的受害者，故意加了曲笔，塑造它捉老鼠的勇猛。但城市里的猫怎么可能捉老鼠呢，钢筋水泥老鼠是咬不穿、钻不进来的。就是院子里有老鼠，哪个养猫人又敢把猫放出去？本来自由自在、敢对鼠辈下牙口的猫现在只能是一只宠物。既然是宠物，它就可以豪横地睡在道路当中，看你敢踩在它身上？

胖虎和其他人家的狗、鸟、蝈蝈一样，都是人的玩物。开始，主人玩它，后来，主人给它打扫卫生、梳理毛发、伺候饮食，它玩主人。

所有的生物，都是独居的主人、客居的玩物。

七

困了，我像胖虎一样横卧在床上。雨声是催眠曲，宽大的床足够做一场好梦。

我发现人群匆匆而过，都奔某处场景去了，很少有人注意到硬化路面的裂缝里有几株草绿了出来；风吹过，树叶打着顺时针的旋儿落在地上；雨滴的加速度把沙窝凿了三寸深；几只蚂蚁在潮湿的洞口探探头又缩回去了。偶尔有那么几个人忽然停下，若有所思地摸摸额头，以为他终于发现了这些秘密，他却沮丧地抹掉溅落在额上的水沫，接着继续赶路了。

醒来，我猛然意识到，自己到底梦到了什么，梦到底是什么意思，和胖虎的梦有什么不同。一点也不清晰，就像我们每天匆忙而毫无章法与"似乎"目的明确的行走。

八

　　推开门，我走出去。夜幕已经严严实实，车轮与路面摩擦出轰轰的响声把雨声淹没了。所有的车都开着灯，灯束如刀，割开层层雨雾，有的转个弯，被雨夜吞没了；有的就这么直直地刺出去，孤单地向远方奔去。

　　明天，但愿在某个地方有一辆车清新如许，它是从夜幕里驶过的，经过了凄风冷雨洗礼的。

　　那是它独居过的痕迹，我另一扇门外的景致。

娃娃书：小书不小

二分钱能干什么？

每个人的童年都有一段美好的记忆。我的童年在二十世纪七十年代，看娃娃书是我最美的记忆。那时，二分钱可以读一本书，可以在图文并茂的世界里快乐一整天。

那个年代生活很穷，吃穿都是问题。电视机是奢侈品，一个村庄能有那么一两台，平时锁在大木箱里，只有特别重要的节日，木箱才会隆重地打开。没有手机，汽车更是罕见。平常的家庭，辛苦几年，能买上一辆自行车都是了不得的骄傲。每逢节假日，大人会领着小孩去赶集。去时，带着土豆、蒜苗等地里的出产，或者是一只大红冠子的公鸡，或者是积攒下来舍不得吃的半篮鸡蛋，在集市上变卖，然后买回自家需要的农具、日用品。孩子往往会得到几分钱或几毛钱，作为逛集的犒赏。

每次逛集，父母自己舍不得吃饭，但总是会把一两毛钱塞给我。我最喜欢去的自然是书摊了。书摊都不大，半人高的简易木架上，是厚的薄的大书；下面是一张塑料纸，上面整齐地摆放着各种娃娃书。书架上的书我看不大懂，就不看，只借娃娃书。先一口气连看几本，然后在旁边坐下，啃着从家里带来的馍馍。我把最后一本翻来覆去地看，生怕一丢手，摊主再也不让看了。那时的娃娃书耐看，每一面的文字简洁、通俗，几十页连成一个完整的故事。画面极为精美，主图交代故事情节，角角落落藏着各种细节。画面里的每一根线条，都值得细细咀嚼品味。最后，摊主拽着娃娃书的一半，爸爸从后面拽着我的衣领，才能把我从夜幕下拽离书摊。

记得当时上海人民美术出版社出了一套《三国演义》娃娃书，六十本，逛一次集，根本看不完，家里也没有那么多的闲钱。怎么办？我就把买文具的钱攒下来。一支铅笔，小心翼翼地削，一直用到手实在捏不住了才扔掉；为了节省一块橡皮，修改错字错题时，就用小拇指蘸了口水当橡皮。一整个学期的周末，我都是坐在书摊上读《三国》度过的。

张乐平先生的《三毛流浪记》连环画出版后，引起全国轰动。看了第一册，就被三毛孤苦伶仃的身世和离奇的经历吸引，越看越想知道三毛后来怎样了。看到紧要处，兜里没有半分钱了，就央求摊主："让我再看一本行不行？""叔叔，你行行好，就看一本！"摊主被我磨得没办法，就扔过来一册："这是最后一本，我也要靠这个吃饭呢！"

二十世纪七八十年代，物资匮乏，人的精神却很饱满。我们一群小伙伴，做完作业，有大量的时间疯跑追逐、做游戏、用泥巴捏造各种玩具。累了，就盘腿而坐，围成一圈讲故事。如果谁肚子里没有装上张飞、贾宝玉、孙悟空、鲁智深，就会被别人笑话。一次，有伙伴讲了亚瑟干革命，最后被祖国的同胞打死的故事。小伙伴们都听得入迷。听完后，亚瑟引起我极大的兴趣，我心想，我也要了解亚瑟，了解爱亚瑟的阿姨琼玛到底有多漂亮。一次周末，我缠着母亲要了两毛钱，步行十里去书摊找叫《牛虻》的娃娃书。从那以后，讲外国故事的娃娃书也进入我的视野。有了这些美妙故事陪伴，再缺衣少食，生活也不单调。

国内故事的娃娃书，一般是手绘后印刷的；国外的往往是著名电影的翻拍，或者剧目上演照相后翻印的。这些小书形式虽然各异，但有一个共同特点：图文并茂，通俗易懂。它们成为我文学梦最初的引导和启蒙。在家里，我的书柜里至今藏有近百本娃娃书。《说唐》《东周列国志》《聊斋》《说岳全传》《钢铁是怎样炼成的》《奥德赛的故事》……夜灯下写作累了，或者思维阻滞，我会拿出一本，翻着，读着，品着，既放松了自己，又汲取了大家的营养。

转眼几十年过去了，我的孩子也像我当年一样高了。我给女儿买了好多书，其中包括很多绘本——现代的娃娃书，我们一起读这些书，一次又一次被书里的故事打动。小小的一本书，有着精彩迷人的大世界，通向辽阔远方。这也让我想起费尔巴哈的一句话："人就是他所吃的东西。"费尔巴哈是德国哲学家，他说的"吃"，也包括读这些娃娃书，因为一个人长大、长壮实，是从小小的"吃"开始的。

生与活，从阅读开始

读书给我如莲的喜悦，徜徉于书的海洋，让我了解世界、认识世界，也构筑起自己的世界。

我家在农村，学生时代，家里穷，脚步迈不出方圆五十里。但这并不影响世界在我眼前渐次展开。拿上几毛钱、几分钱一本的连环画可以看上一天，我对于四大名著的初步了解就来自这样的街头书摊。稍长，积攒的压岁钱大都被用来购买书籍。小小一本书，打开的却是一扇窗，这扇窗打开了一个大大的世界。《安娜·卡列尼娜》展现的是一个俄罗斯的立体社会，《昆虫记》呈现的是一个丰富多彩的微观世界，《西游记》演绎出神界仙域的打闹与纷争……

我曾在一篇文章里写过，阅读是在扩大自己的朋友圈。今天读《将进酒》，李白来陪你；明天看《罪与罚》，陀思妥耶夫斯基是座上宾；后天阅《红楼梦》，曹雪芹、高鹗来交心。即使我们身无分文，但我们精神却富敌天下，就像卖火柴的小女孩，那束火花的光芒，为我们蒙昧的灵魂点燃了一盏灯。

等到工作了，生活逐渐挤压了理想的空间，人生的烦恼多了起来。振作还是沉沦，消磨还是奋起，考验着自己。怎么办？答案还是阅读。每一块土地上面，都播种着喜怒哀乐的人世；每一朵云彩背后，都有一段传奇难忘的故事；每一个小小音符里，都潜藏着时序变化的奥秘。书的每一个页码，包含着理解世界、解决纷扰的密钥；生活不仅仅有鲜花和掌声，还有更多的挫折与磨难。阅读，让我们认识到世界的美好和残酷，提高我们应对困难的技巧和智慧，增加我们奋斗的勇气和胆魄。在读《老人与海》《活着》两书的过程里，我时时被震撼。在浩瀚无垠的大海上，与大鱼和汹涌波涛搏斗的老人；在种种磨难面前，和无常与云谲波诡的人生拼命的徐富贵，让我落泪，也让我猛醒。人生从无定途，但命运却最终可以由自己掌握。阅读《人生》《平凡的世界》，更让我坚定，人只有顽强站着、不断奔跑着，才会有不输的人生。

除了小说，我还喜欢读哲学、美学、建筑、历史、宗教类书籍，像《芥子园画谱》《简明摄影技术》《边缘学科》等这样的专业书籍也不会放过。

广泛驳杂的阅读，为我现在从事的记者职业奠定了基础。因为记者通过采访记录历史，在采访中，记者要面对各种爱好、兴趣、专长不同的人，需要有与采访对象相匹配的知识储备。阅读，既让我对认识与分析世界有了更多的视角，也让我具有了记者所必需的素养。人一呱呱坠地，就天然被赋予了生的意义，但活着的价值大小，则是由自己的努力决定的。无论是工作、学习还是生活，我们都要从中寻找乐趣，发现价值，不断汲取养分，丰盈自己，为自己的生命添彩，为心灵的自由放歌。生命的意义就在于，我们活着，给自己希望，也向周围传递出温暖和力量。在二十多年的记者生涯中，我结识了众多多才多艺的优秀人士，和他们成为朋友、故交和志同道合的奋斗者。我们在解读工作、社会的同时，大都有了自己的著作，有的人还成长为行业领军的翘楚。我们既是未从事范围的学习者，也是自己专注领域的建构者，用自己构筑的世界，为别人铺垫着成功的道路。

　　阅读让我们站在巨人的肩上。一本本书，陪伴我长大、长高、长壮实。即便到了今天，科技深刻改变着我们的生活状态，以手机为首的电子阅读时刻冲击着我们旧有的习惯，但阅读的重要地位，却从未从心头滑落。因为阅读，岁月静好；因我努力，世界和美。阅读，依然是现实与理想两个世界的桥梁。

手绢与房子

——《汉水瑶》读后

一方手绢与一间房子，本来毫不相干。但在两位女性那里，有了关联。

2009 年，德国女作家赫塔·米勒在诺贝尔文学奖颁奖礼上，发表了获奖演说，题目是《你带手绢了吗？》。她以小时候出门，母亲总叮咛问她"带上手绢了吗"开题，引申到一个作家，必须也有自己的一方手绢，它可以在自己歇脚时铺地，也可以在心情空无时自暖和自励。在赫塔·米勒那里，这手绢就是自己的尊严寄托和缪斯女神。

安康女作家温洁在谈及自己的新作《汉水瑶》时说："每个人的心里都筑有一间小房子，这里面藏着想说和不想说的秘密，有你的，也有我的。"住在小房子里真暖和，这间"优雅的小屋，让我的文字不再孤独"。在我看来，温洁女士的"小屋子"，何尝不是赫塔·米勒女士的手绢呢！

温洁一直没有忘记自己的使命，她似乎就是为写作而生的。作为老师，她要上课、带班；作为学校的通讯员，她要写各种消息、通讯；作为家庭一员，她要洗衣做饭、照顾家人。但在忙完了所有工作之后，即使再累，她也会一头扎进那间小房子，把每天所剩不多的时间，全部用来集料、装饰，让小房子越来越富丽，也让眼下的苟且越来越诗意。这在各种报刊上发表的她的作品里可以看到，在她的散文集《清水文字》里可以看到。同样，她也"把我的那些小秘密，化作清新的文字，裸露在秦巴山间，汇聚在《汉水瑶》里"。

这小房子里，到底装了多少宝贝？一个"瑶"字，就像一扇门扉，浅浅地开了一线缝儿，透漏出平素秘不示人的美好。

翻开书，首先看到的，是里面的善良。且不去说祖母在别人最饿的时候施人以菜饭（《祖母和雪》），也不说农民父亲对国家未来的殷切关注（《写给父亲》）。在《我那遥远的阴坡垭》里，我被深深震撼了。当时，温洁在阴坡垭小学教书。四月，本是莺歌燕舞、百花齐放的好时节，一场暴雨从天而降。"雨水顺着土墙流下来，墙壁立刻切成沟壑，继而半边墙都消失了。"站在屋檐下的她，"仰望天空，窥视房顶，悸动万分！"卧室里，一边是自己生活必需的一切物事，一边是上课要用的书籍和学生的作业本。抢哪个？她和同事毫不犹豫地选择了后者。宿舍当夜坍塌，暴雨无情地毁掉了她的全部，教室也被雨水袭击倒了一个墙角。她们在暴雨中的房檐下站了一夜，"而藏在衣服里的书本和作业本暖暖的，没有打湿，完好无损！"

一名年轻教师在天灾面前所做的选择，除了职责所系，更重要的，是家庭几代人所传承的善良本色。那千钧一发间的抉择，都发自她善良的本能。诚如作者所言，"人生一世，心怀仁慈，扶危济困，多施善举，广结善缘，德行天下，方能久安。不是吗？"（《凤堰的暖》）

再读，是小房子里的勇敢。人生不如意之事十之八九，没有完美的世界。但即便如此，一个人仍可以有坚强的人生。我或多或少了解温洁的一些过往与当下，她的生活并非一帆风顺。前些年，因为公公、婆婆

170

病重，她家债台高筑。为了救治、伺候亲人，她做了几份兼职，拼了命挣生活。在学校里，她很久不能执掌教鞭，可以想见，一个可以为抢救孩子的书本而舍弃自己一切的教师，站不上讲台会是什么感受，但她也从不因此懈怠工作，依旧满腔热忱，每年的宣传通讯数量在同行里遥遥领先。把喜欢的事干好，是本分；把并不太喜欢的事干好，是智慧；把命运强加给自己的事干好，那是勇敢。不屈从，敢于挑战自己，敢于向强者亮剑。

在南垭小学送教扶贫的过程里，她给寒风中的孩子送去了急缺的书，还有可以温暖整个冬天的拥抱。梅花在寒霜中绽放，温暖在严寒中蔓延。孩子为走出大山而读书，为改变命运而读书。她用文字，用自己有力的臂膀，告诉孩子们："孩子，这样熟悉的字眼，在这里重复着，昭示着，仿佛一盏明灯……我的学生时代，也是抱着这样的态度努力读书的。"在《汉水瑶》里，她说："生命是一棵有年轮的树。每个人来到这个世界上，就像一棵小树苗被栽进泥土里，便开始了属于你的生命历程。春夏秋冬，风雨兼程，都得勇敢面对。"（《生命树》）"当我们无法把控自己的灵魂，或者灵魂抛弃了我们，不知去向，我们不得不在生命的隧道里，失意地游走，甚至在灵魂深处痛苦地徘徊。我们需要安静，不虚伪，不做作，不违背原则……我们要拒绝浮躁的诱惑。""当我们的田野荒芜，我们还有天空和大地，还有星星和月亮。"（《流淌之美》）她的勇敢，就如她的善良一样，让生命和文字都熠熠生辉。

继续读，是满屋对生命之美的恋恋赞歌。繁星点点，装饰着天空的梦想，那是繁星之美；长寿花从春天开到夏天，海棠花从中年开到老年，不管是牡丹还是野花，那是生命之美；平凡的生命，谱写出不平庸的人生，那是长空之美。于我而言，无名花，是厚重土地的点缀，天书峡，是神奇自然的赐予；女儿和鱼玩，忘情，她在旁边看，忘我，这是生活给自己的陶醉。

心中有海，宁静自来。心中若有桃花源，何处不是水云间！在这些行云流水的字里行间，无一处不洋溢着这种对天地、自然、生活、生命的讴歌。"真正的美是眼睛看不见的，只能用心去感受。每个人心中都有一片海，被看见，或没被看见，都会宁静着，无关海风，无关涛声。"（《沉默之美》）这些优美的文字，就像一个又一个欢乐的小精灵，撩拨着沉闷的生活，偕着你奔向愉悦、奔向美好。

如果说赫塔·米勒是把自己与他人遭遇的黑暗和艰难当成一把磨砺人生的刀，在风欺霜侵之后，用手绢抹掉眼角的泪痕继续上路的话，温洁则是用作家善于发现的眼，在别人熟视无睹的常物里发现着意义，采摘收集着一颗又一颗璀璨珍珠，汇聚成冰砌玉垒的美景小屋，稍开门扉，便会流淌出如阳光下汉江般的浩浩汤汤和耀眼光芒。

手绢是赫塔·米勒的尊严拐杖，房子是温洁的精神之所。它们是两位女性千里之外的通灵，也是所有作家的真正根系。

爱和生活殊途同归

——读《挪威的森林》

一

我和妻子吵架了，异常激烈，我甚至拍了桌子。那时女儿上学去了，没有人阻拦我们。

这是我们的常态，我们感情很好。

"我看了三遍，你呢，只读了一次就妄下断语。"妻子不依不饶。

其时我正在写一个中篇。我想写写母亲。尽管有多篇散文写过母亲，但母亲从未在我的小说里出现过。写母亲是艰难的。感情太浓会凝滞笔墨，字还没有写出，眼泪先糊了纸张。母亲走后五六年我才写她，她对父亲无言的爱，对子女无私的深情，还有二十世纪四十到八十年代她受的那些仿佛同时代人都受过的苦都值得我提笔写一写。苦日子是一样的，人的感受是不一样的。

有人痛苦欲绝，有人苦中作乐，有人笑对日月。这也不一样。

我想给母亲做一个假设。小说嘛，总不至于每件事都亲身经历了才入书。比如设想母亲曾经是童养媳，比如她早早失去双亲，担起生活的担子，甚至还可以有家暴和虐待。小说家总愿意把主人公放置在决绝的环境以体现其品质。

但我陷于痛苦。

母亲和父亲感情笃厚，他们是世界上最好的伴侣，尽管他们也是婚前连面都没有见过，但这一点没有影响他们相濡以沫。母亲姊妹四个，外爷外婆对子女也爱得极尽所能。

生活的原本与小说的虚构，糅合是如此艰难。

小说要高生活一筹，还是生活远比小说精彩，这值得深思。

二

我和妻子为《挪威的森林》争吵。小说男主人公渡边是大学生，和木月是铁哥儿们，也是直子的现男友。绿子和永泽是渡边的同学。绿子也爱上了渡边。

直子因病进了森林，那里的疗养院专治精神病患。那里远离尘嚣，病人只能进出一次，要么康复而出，要么老死山林。医院的主办者希望病人在里面可以静心休养，通过简单的劳动、俭朴的生活、简约的交际、简便的治疗，隔离来自尘世的烦扰。

直子的前男友木月自杀身亡，直子深受刺激。在森林疗养院，直子最初的疗效显著，她精神安静，而且确切告诉渡边她很快就可以回到他身边。

直子喜欢森林，喜欢那里的空气、病人、动物、炭火，辽阔无垠的寂静和善良知人的病友玲子。她康复在望。

即便病情急转直下治疗失败之后，直子还是埋在了那片森林。

妻子的意思是，"质本洁来还洁去"，村上春树浓墨重彩塑造的直子以生命的代价向读者宣示了幽静对人的意义。相对应的是，渡边活在喧嚣中，他不快乐；绿子的父亲往返于购书销书的繁忙，他不快乐；永泽用不断地更换性伴侣来消磨庸常，他不快乐；渡边即便有绿子和直子的爱，也不快乐。

幸福在哪里？

在深深幽静的森林里。

三

直子和玲子是病友，同住一室，朝夕相处，情同手足。

玲子的期望是自己可以被森林治愈，直子能够被渡边鼓励拯救。可是，森林疗养院并没有挽救得了直子。玲子埋葬了直子，也一同埋藏了自己的理想。

爱情的伤需要另一场更宏大的爱情疗救。直子沦陷于木月的爱情。渡边即使和她睡过又能怎样？他只不过是直子在极度思念木月时的替代品而已。

喜欢与深爱千差万别。

直子如果爱上渡边，就不会远赴森林。她是在林木深处独自舔舐伤口，另一个世界的木月遥不可及，她期望深到极致的密林更接近那个爱人。所以散步，她在渡边的后面默默地走；所以在渡边来到医院她即使脱光了衣服，也不会和他水乳交融。她死在木月的深爱里，渡边不是她的爱人。她和渡边没有一场宏大的爱情，就像永泽永远不会爱上某个性伴侣一样。

渡边的爱人是绿子。绿子因为渡边没有注意到她发型的变化而长时间不理他，因为信任他而和他共枕同眠却不发生性行为，因为他值得托付，所以可以抛掷父亲辛苦一生的积累。

直子生活在理想中，绿子活在烟火里。因此直子忧忧郁郁地死，绿子磕磕绊绊地生。

理想永远是美好的，像森林深处的风景一般优美；生活是残酷的，像绿子父亲的一世一样悲凉。可是人终究要面对生活。与世隔绝的森林深处是幽闭巨兽的口，朝夕相处的烟火尽头是挥舞日月的手。逃避还是直面，不在于情有多深，而在于意念有多宽容与坚强，生活才是治愈一切杂症的灵丹妙药。

执念成就人，有时也害人。

经历过生与死的磨砺，才会在一刹那醍醐灌顶。

所以玲子走出了森林。

四

玲子和渡边重新给直子举办了葬礼。因为森林里的葬礼太冷清。玲子拉了四十八首曲子为直子安魂。这些曲子有激越，有沉静；有舒缓，有紧张；有热闹，有悲哀；有过去，有未来；有直来直去，有曲里拐弯。这些曲子是人的一生，包含喜怒哀乐，包含高潮低谷，饱含对死的哀悼，也饱含对生的希冀。

曲子歌唱着生活的艰辛，也憧憬着日后的美好。

生活就是这样，没有十全十美，没有持续高涨的踌躇满志和意气风发。最高的奖赏是历尽千帆的那一缕慰藉和满足。理想埋伏在岁月的边角旮旯，也终将在边角旮旯里得到圆满。直子的死启示玲子，森林里优美的景物是实相，也是幻觉，与世隔绝隔开了烦扰，新的烦恼也随之而来。人是社会关系的综合，脱离这个网格，也就失去了定位，进退失据是迟早的事。

在烟熏火燎中人很多时候是烦闷的、痛苦的，就如绿子接连遭遇丧母、亡父，被激进主义者拒之门外，被爱情折磨得死去活来，但却是真实的，以至于她的心灵在磨砺中逐步坚强饱满，性情在挫折里慢慢随和圆润。她黏得出去，也收得回来，万变的相终归化为生活的实，缭绕成手中的美食、身边的爱人、脚下坚实的土地。

玲子是不幸的，又是幸运的。她终于走出虚幻的美景之屋，逃离身体的病苦，踏入生命的路途，她用和渡边心有灵犀、不谋而合的欢愉，与自己的不切实际作别。她要到广阔无垠的真实生活里继续疗养，哪怕前途漫漫，哪怕荆棘丛生。

这是人类共有的宿命，无法打破，无从逃避，因而也无比踏实，无边绚烂。

五

"《世界尽头与冷酷仙境》是自传性质的小说，F. 司各特·菲茨杰拉德的《夜色温柔》和《了不起的盖茨比》对我来说是私人性质的小说——在与此相同的意义上，这部作品也属于私人性质的小说。这大概是某种感情的问题。"村上如是说《挪威的森林》。

村上春树先生太过谦逊。

《世界尽头与冷酷仙境》中的冷酷仙境简直是糟得不成样子，世界尽头虽然看起来尽善尽美，像个桃花源，但却失掉了心的世界。在这一点上，村上春树在《挪威的森林》里延续了他的理念。只不过前者没有给出答案，而后者往前伸展直指出路。

同样，《夜色温柔》是满怀期待失望之后堕入颓废消沉，《了不起的盖茨比》是繁华落尽之后一切归寂，在村上春树看来，所谓《挪威的森林》的"私人性"也许只止于情感的宣泄与出路。但在我和妻子读后，这不啻是生活的启示录，生命的意义借着爱情之名还魂，作者的意念由着人物悲欢扩张。

"正值青春年华的我们，总会一次次不知觉望向远方，对远方的道路充满憧憬，尽管忽隐忽现，充满迷茫。有时候身边就像被浓雾紧紧包围，那种迷茫和无助只有自己能懂。尽管有点孤独，尽管带着迷茫和无奈，但我依然勇敢地面对，因为这就是我的青春。"

"生命诚可贵，爱情价更高。若为自由故，二者皆可抛。"直子为情抛弃性命，绿子因爱变得坚强，玲子追求精神自由终于挣扎出幻境。渡边是三种生命选择的见证人。

超出三界外，又入五行中，这才是真正有价值的人生。在此，道、禅归于一处，儒、佛化身同宗。

<h1 style="text-align:center">六</h1>

我和妻子的争吵并未休止。妻子说，生活犹如作品。而我辩白，作品何如生活？即便村上春树在三个女性之外再加几个女人，也未必穷尽生活的样貌。就如我要给本来和常人无异的母亲嫁接上更多的故事一样，母亲就是母亲，和爱情就是爱情，是一个道理。生活本质上是某种社会关系的生老病死。你爱，他在；你不爱，他还在。

关键在个人的取舍。

女儿气咻咻地放学回来，猛地把书包扔在床上。我们急忙问，好久她才说和老师吵架了。

"为什么？"

"老师说课间要安安静静的。"

"你怎么说？"

"我说课间应该是吵吵闹闹的。"

吃过饭，我们去街头散步。我们特意给女儿请了假。街头风声飒飒，车辆穿梭。一墙之隔的学校，打篮球的喧闹一波一波传过来。

我们都笑了。

一曲纸质阅读的哀歌

——读《岛上书店》

生活，就是"一本封面漂亮却并不好看的书"。a.j 短短又辉煌的一生，是从开书店开始的，也是从失去书店结束的。表面上他赢得了尊重，但他经历的丧偶，丢失珍本书籍，拾养遗孤，再婚，病逝，书店被迫售卖，这些内容并不令人感觉舒心，即使他的两次婚姻，带给他足够的幸福。在他的周围，有偷窃他珍本的亲戚，有婚内出轨的作家，有因崇拜献身而走投无路的粉丝，有沽名钓誉的名人，还有在是非面前装糊涂的警察，有为一篇好文章沾沾自喜的孩子……这些都在生活的华盖下，聚集在以书店为象征的文化的背影里。

没有一个人能排除在生活的馈赠外，也没有一个人能逃离生活的折磨。

a.j、阿米莉亚和养女玛雅一家，都深刻领受了生活的教训：a.j 因坚持对周遭人的文化引领而赢得尊重，但上天让他尝尽甜蜜和痛苦，英年早逝；阿米莉亚寻找好人多年，终于找到真爱，但又不得不在中年时面对丧偶的事；玛雅，两岁丧母，少年丧父，她过早地开始体悟无常人生。

《岛上书店》用各种叙述方式来揭示生活的不易。尤其每章中 a.j 给女儿写的读书感悟与参考，极大地拓展了 a.j 这个人物丰富的内心和作品艺术的表现张力。但它所展现的，远不止步于一家人的遭遇、一个书店的兴衰。爱丽丝岛上的书店，在电子手段的围攻下，成了孤岛、绝岛，面临残酷的死亡，才是其要表达的终极担心。就像 a.j 的肿瘤，从发现到落气，只有短短的两年。

文学的命运也是如此。

不管怎么努力，这一趋势似乎不可逆转。

《骆驼祥子》里刻画了三个人：小福子，虎妞，祥子。小福子依附富人，过着寄生虫的生活，虽然她是被迫的。虎妞是正常的女人，渴望有健全的家庭，应对生活的盘剥。祥子是有志青年，迈着坚定的步伐，积极抗争，试图能冲破社会的牢笼。三个人代表了三个社会阶层，他们都有一颗不甘命运摆布的心，但是都失败了。老舍把这个归结于社会体制：在旧体制下，人没有出路，这和努力不努力没有关系。因而，骆驼祥子其实也就是一个像骆驼的样子，整天不停地奔走又如何？！

《岛上书店》也在讲述同样的道理。书店的荣与辱，和 a.j 的奋斗关联不大，只和经济发展到一定阶段以后的社会生态有关。现在，大家只看到了钱，只看到了自己，文学、文化，只是屁大的事，甚至都不是。在美国如是，在中国也如是。在书里发现世界，感受情感，丰盈内心，永远是小众的事。科技的发展也许带给人方便，但也瓦解着历史积淀下来的文明。它先从方式开始，然后深入内核，逐层击破，势如破竹。

抗拒当然不是办法，a.j 对电子阅读器从拒绝到顺应，也未必能解决问题。在一家又一家书店的倒闭潮里，看到的各种各样的尝试，依然是有气无力的呻吟。

在书店界有一位传奇人物叫三石，我去年和他相识。目前，他已经在全国策划打造了十几二十家专营书店，比如果戈理书店，比如歌德书店，这些书店就设计来说，获奖无数。但是销售却似乎并不那么乐观，主要靠饮料来为销售服务。可是书店的意义在于怎么能引起人们对以书为代表的文化的爱好与崇敬。

可惜，这何其难！看看作家们都在干什么：都在不停地、反复地推送着自己的文章，伴随着每一次推送，仿佛在一遍一遍地喊着："求您了，进来看看吧！"

据说，陕西作家里，只有三个人的书不愁卖。那么其他的作家呢？不是因为其作品都一无是处吧？

《岛上书店》的结尾很光明。但愿作者加布瑞埃拉·泽文特意给全书涂上的这一抹亮色，真有其事，也能长久。

东野圭吾：叙事与文学的意义

——读《解忧杂货店》

一

《解忧杂货店》是女儿读的书。我拿起来读是为了戒除手机依赖，每天要求自己读两个小时的纸质书。说实在话，这书名透着小儿科。未读完第一章，我知道这是本短篇小说集，解忧店只不过是联结它们的一个把戏。三个小偷误入杂货店，发现这是一个已经废弃的给人提供咨询、帮人解决烦恼的杂货店。一个即将参加奥运会的运动员，紧张训练的重要关头，自己的恋人病入膏肓。是参加奥运会，还是照顾恋人？这是个问题。三个小偷假借杂货店主人之名，给运动员出主意。在小不点儿们的"引导"下，运动员会做何选择？"让深爱的人放弃梦想，这比死还让我痛苦。希望你无怨无悔地去追逐梦想。"恋人说。"那是我儿时就有的梦想，无法轻易放弃。""因为一直以来追寻着梦想，我才活出了自我，而你喜欢的也正是这样的我。我没有一刻忘记过你，但请让我去追逐梦想吧。"这是运动员月兔的抉择。在真爱面前，只有奉献，没有索取。我的幸福源于你的幸福，你的快乐才是我的快乐。

小说的高明之处，并不仅仅通过一个虚构的故事让我们明白一个道理，那个道理，如《摆渡人》，用中国的一句熟语概括："师傅引进门，修行靠个人。"而东野圭吾的高明，在于他讲故事的方法轻松自在，在不经意间你就已深陷其中。如果我通过第一章推测这是一部小说集蒙对了的话，当翻开第二章，他又把我打了一耳光。因为第二章他又回到传统，用滥觞的手法，平铺直叙地讲了一个并没有天赋的音乐梦想者，怎么屡受打击而依然献身音乐的平淡故事。但东野圭吾的奇妙在于第二章和第一章叙述方式的迥然不同，第一章是解疑人，第二章是咨询人。两种角度，天差地别，读起来竟然毫无违和感。"爸，我也算留下足迹了吧，虽然我打了一场败仗。"音乐梦想者克朗，用生命挽救了另一个生命，而他没有来得及填词的歌曲，被杰出的音乐家永久传唱。

一个优秀的作家，靠什么赢得读者的喜爱？

不应该仅仅是故事，还应该有百变而有趣的叙述。

前两天还读了汉中文联主席丁小村的《山野的秘密》。不长的篇幅，内容含量却极大，平静的叙述将心底对山野的喜欢平缓地流淌出来。那种恬淡，没有用山花烂漫，没有用泉流叮咚，但时时从别人和自己看物的眸子里浸润出来，从浑身的毛细血管里渗透出来。

好故事可以引人入胜，而讲好一个故事，却可以如平地惊雷，震撼人心。故事的波澜起伏永远代替不了叙写的层峦叠嶂，这才是杰出作家更应该具备的啊！

二

作家雷电老师曾经在微信平台上发言，大致意思是：不能只因为有一股子气而写文章，那不会是好文章。当时我读了，有些对号入座。因为我就是凭着一股子气在写文章。为什么要用这股子气？一是我其实是眼软心软的人。看学校里有霸凌事件，几个学生打一个娃，那打在脸上的每一个耳光，踢在身上的每一脚，抽在皮肉上的每一棍，似乎都落在我的身上，看着看着就痛苦，就龇牙咧嘴，恨不能拿刀去拼命。陪女儿看电影，《七号房的礼物》《叫我第一名》，看着看着，就哭得稀里哗啦，老半天了，还沉浸在那种情绪里出不来。二是我总觉得写文章，当然要用气，气冲霄汉，气冲斗牛，一气贯之，那才酣畅，那才解气。但是看东野圭吾的作品，看老年巴金的《怀念萧珊》，确实没有气，一律的平缓和缓，但读过却难忘，为什么？是因为他们的文字表面上是极其收敛的，就像讲幽默笑话的高手，一个段子出口，台下笑得前仰后合，他们自己倒显得懵然不知——这其实才显示出作品的张力。气是神韵，是魂魄，而神韵和魂魄是藏在里面的。我在整理书稿的过程里，读年轻时的文字，总是动辄"生命""意义"，感觉很有气势，但那真如雷老师所言，不是好文章。气势再大，高不过气量。有气量的作家，在文字的运用里，往往追求的是掩卷后带给人的思索，这种思索越长或者争议越大，作品应该越成功。如果在文字上都已经气势汹汹了，文意上又怎么能余味绵长呢？

东野圭吾不用气，他的语言平淡无奇。如果看完了第一页，你觉得他的作品无非庸作一部的话，也并不过分。可是，他的精彩绝伦永远只出现在第二页、第三页。那时，掩的是卷，停不下的是思考，或者震撼。

第三章，竟然是倒叙。我们该如何处理兴趣与工作的关系？杂货店主雄治一方面用回答咨询娱乐着自己，一方面用各种咨询回答冷落着生意。但那些生意，用来赚钱的生意，又怎么能比得上从不懈怠一个问询、从不敷衍一份烦恼来得有价值？

川边绿怀孕了，她是单身，孩子的父亲是有家室的男人。孩子生还是不生，这是个问题。按常理，她应该堕胎，她也抱着这样的心态来咨询，企图用别人的建议以坚定自己的决心。雄治给出的建议是，对于一个母亲来说，最重要的是能不能让即将出生的孩子幸福。考虑好这个问题，才能确定胎儿去留。

这封回信让川边绿下定了决心。她没有固定的收入，她没有优裕的家庭，她还要用柔弱的肩膀承担社会对单身妈妈的指指点点。在雄治的建议下，她做了充分的心理准备。为孩子幸福！生！

一个女人最大的幸福是什么？是有宽裕的生活？是衣着鲜丽、样貌美丽？是有和睦的家庭、暖暖的亲情？当然。但一个女人最彻骨的幸福，是为她所爱的男人生一个孩子。她看着自己和他交融的骨血，在她的抚养下，一天一天长大，就像对他的思、对他的念。那时，就算他身在天涯，就算他阴阳两隔，那又算得了什么？

川边绿的冰箱里只有一只奶瓶，家里只有充足的奶粉和少得可怜的垃圾食品。奶瓶、奶粉是给孩子的，垃圾食品是给自己的。她因贫血在去给孩子看病途中晕厥，车子冲入河中，沉没之际，她打开了车窗，孩子漂浮上去，而她连摁下自己安全带扣子的力气都没有。她死了，体重只有三十公斤，一岁的婴孩却是十斤足量。

东野圭吾没有用气，他用平淡的语言和语气，讲述着雄治的专注与认真，也讲述着川边绿这柔弱女人身上迸发的伟大母爱。这气却充塞浩宇，荡气回肠。

三

我想，人生会有多少苦厄，需要我们一个一个体验。爱情是什么，亲情是什么？我们该如何对待爱人？在凛冽的风中，我们可不可以去靠近一堆篝火，温暖湿透的心？或者是继续在刺骨的水中，渐渐麻木了神经，直至终老？爱情是一个屋檐下的委曲求全，是一个枕头上的同床异梦？

有一对朋友，平日里似乎夫唱妇随的模样，令人艳羡。但遇有不遂心的事情，就黑脸冷面，冷战数周互不理睬。"没有骂，没有打，但是你一个冷脸，就可以杀人。"

我们到底需要什么？如我一样愚笨的人，在年轻时可能会回答：包容与理解，站在对方的立场想问题，学会设身处地；在经过了婚姻的"七年之痒"后，我会回答：妥协，坚决的战斗是战场的事，家庭需要的是彼此的谅解与爱抚。

现在呢？我劝解朋友，我们需要有原则。两个人从不同的环境与氛围里扯出来，组成一个家庭，爱情、亲情、友情，婆媳关系、夫妻关系、母子关系、祖孙关系，全搅和在一起，处理这些关系，没有一个原则，自然会乱成一锅粥。只有彼此明了各自的原则，才能有沟通的基础、妥协的可能、透彻的理解。依规矩，充分考虑彼此的关切，也才能重建两个习惯之下的和谐。这样家庭成员才能和睦相处。爱情呢？要的是"在乎"：你在乎我，就不用我明讲；我在乎你，就无须你张口；全凭一个日久而成的默契。什么是"在乎"？就是在天崩地裂的时候，你第一个想到的人、想到的事、想到的物。

可是我还是不明白。因为我低估了别人的智慧，或者高看了自己的认知。

人与人之间情断义绝，并不需要什么具体的理由。就算表面上有，也很可能只是心已经离开的结果，事后才编造出的借口而已。因为倘若心没有离开，当将会导致关系破裂的事态发生时，理应有人努力去挽救。如果没有，说明其实关系早已破裂。这才是根本！我们见惯了亲热之后的翻脸，这无关利益、观念、好恶、背景，跟修养和学识都没有关系。一切都可以只是借口，因为他们的心疏远了。

我不禁想问："东野圭吾先生，在说这话的时候，您青春几何，就有如此的洞察？"

浩介出生在资本家家庭。他有着别人都没有的优裕背景，在别的小孩为得不到一张披头士的唱片而懊恼的时候，他已经拥有了所有披头士的唱片，而且放在卧室里的高音质组合音响随时都可以播放。这是人人艳羡的家庭。

可是，有一日，父亲破产了，他们需要连夜潜逃。在他心中，父亲的成功形象坍塌了。自己逃还是不逃？这是对亲情的考验。"最不幸的事情，莫过于因为趁夜潜逃，一家人最后分崩离析，那样就真的一无所有了。逃跑绝不是正确的选择，但只要全家同舟共济，一起回到正路上来，也完全有可能重新开始。"这是解忧店给的参考。

可是潜逃途中，在服务区休整片刻的间隙，浩介还是悄悄爬上了另一辆车，他和父母从此失联。几十年后，浩介成长为有名的木刻师。不用说，失去了家庭的他，现在又过上了富裕幸福的生活。

解忧店的建议错了吗？

浩介在重返家乡的时候发现，几十年前逃亡的路上，父母驾舟入海，母亲溺亡，父亲回家上吊自杀。而为了不累及儿子，随母亲溺亡的名单里，还有浩介。

这就是家庭。父母为了保全儿子，牺牲了自己。而按照计划，他们完全可以东山再起，最终却被逼到自杀的绝路，只因儿子半途跳上了另一辆车。

一个浩介的追悔，带给人的是沉重的思索。而这思索，东野圭吾叙述得不动声色。

四

还有一章，我不想再看了。因为美好的事物，不能一次消受完。还因为我很累，生活需要轻松。

东野圭吾先生把我耍了个遍。这种感觉很糟糕，因为我也是一个醉心文学的人。在微信里，我屏蔽了很多人。因为他们不停地晒文章。他们写得那么好，而我的作品寥若晨星，不值一提。对于文学新人来说，我需要的是信心和鼓励。我之所以想在博客里待着，是因为博客里安静，不像微信里热闹、嘈杂。我不喜欢一窝蜂地晒文章。即使再美的文章，也不能像好吃的红烧肉，顿顿都有。也许还有一个原因，是因为文章本来少有人关注，所以才要不停地向外推送？

何必呢？

东野圭吾把一个个平凡的小人物呈现在我们面前，他们不虚妄、不焦躁，他们凭心活着，有气节。他们从每一个章节依次走过，从每一个朴素的词里顽强地钻出来，告诉你：生活，就是哭着生、站着活。

我一直在搜索一部宝典，企图海纳百川，从中找到解锁生活忧虑的密码。可惜，这些年颇为失望。生活给了我们太多的暗示，而我们视而不见，或者没有慧根能领悟。

我一直在寻找文学的根脉，渴望笔如莲花，从中离析出杰出的含义。遗憾是，这么多年的追寻算是白费了。我们没有理解文字的力量，更没有踏出一条可以通天的路径，或者说压根儿就没有。

可是，东野圭吾做到了。"看东野圭吾，你的思维不够。"女儿说。的确，他用不足两千字的词，给了我们一部百科全书，无论生活，还是文学。他用生动的生活让我们忘了崇高的文学，又用纯粹的文学让我们思考琐碎的生活。

而我，仅仅只探到了他的皮毛。

五

一般人把复杂的事，尽可能说简单，如，"生活就是一团麻""岁月堪比杀猪刀"，这是直指结果。作家则是把简单的事说复杂，如《生命不能承受之轻》《活着》，极力关注过程。结果是别人给的，自己加以应用，久了，渐渐失去推导力，所以一般人成不了哲学家、思想家。作家在过程里追寻事物结果的成因，再把逻辑用故事的形式表现出来，这里面埋藏着各式各样的思考。习惯了，就每每发现了结果里的偶然与必然。这种发现是原创性的，因此作家往往又是思想家、哲学家。

在时隔半年之后，我还是读了《解忧杂货店》的最后一章。可惜的是，我猜对了结果，却没有猜对过程。

翔太、敦也、幸平三个小偷，在杂货店里回答着一个又一个问题。在时光之门即将关闭的时刻，回答的是一个叫"迷途的小狗"的女子的问题："我该信任一个想让我成为他情人的人，还是努力去做一个陪酒的风尘女子？"

三个小偷期望"迷途的小狗"能够说出自己的真实想法、碰到的实际困难和对未来的规划。在与假冒的浪矢爷爷的信件来往里，事情终于清楚了："迷途的小狗"的确迫于生活压力，想报答恩人而无能为力，只有走陪酒或者做别人情人的路途了。

于是，三个小偷告诉"迷途的小狗"今后世界的发展趋势，期望她能多学习，抓住机遇，成为时代的弄潮儿。果然，在"浪矢爷爷"的指导下，"迷途的小狗"一跃而起，步步领先，成了当地有名的成功人士。

因为怀着感恩的心，"迷途的小狗"想重整收留过自己的丸子园，并打算在解忧杂货店复活之夜，回信表达对店主浪矢爷爷的感激之情。但令她没想到的是，她被打劫了。

因为文学的意义，三个小偷的结局在书的一开始就注定了，走上归化之路，是必然的。文学的崇高在于让读者通过文字与故事，充盈内心，丰富心灵，涤荡自己的污秽，从而益于社会和人类。再蠢的作者，也不会教唆读者去犯罪和堕落。东野圭吾自然也不会。

但我没想到的是，东野先生选用的，是让三个小偷用自己一手创造的成功企业家，却遭到自己的洗劫这样的情节来引起内心的强烈冲突。

拯救她的意义竟然最终是拯救自己。人为什么要成为好人，为什么要积德行善，为什么要在同行的道路上给别人留有一条通行的道路？说到底，这是对自己的救赎。因为在社会关系的总和里，没有任何人可以抽脱出自己，置身事外。我们和周围一起承担着耻辱与光荣，愤怒与欣悦，侮辱与尊重，黑暗与光明。在这个世界上，利他与利己从来就不可能完全分家，在阳光的背面，正义也正高昂着头，等待着曙光的重临。

三个小偷幡然悔悟。他们挽救了一个又一个深陷忧愁的人，指导着他们重向正途，也最终让自己从偷盗的邪路上回头。

哲学家从来是以严密的逻辑说服人，而文学家，则向来是用温情脉脉的故事打动人、感染人，两者殊途同归。即使我们无法判定两种方法孰优孰劣，但优秀文学带给我们的思考远较哲学意蕴丰富和广阔，这是无疑的。从这个意义上观察，东野圭吾先生显然已入此列。

美哉！

作品里的"我"

作者与读者之间有着微妙的关系，中间以文字相连。这里只说小说。

小说是什么？北京大学国内访问学者、湖南邵阳学院中文系副教授龙钢华在《小说的虚构性简论》中说，小说与虚构同在。他认为，虚构，是作者在小说创作过程中，为了提炼生活、构造情节、塑造形象以实现创作意图而采取的艺术手段。在虚构中，作者往往借助已有的直接或间接的经验，运用丰富的想象，对人物、事件的不足之处进行合理的补充、重组和完善，从而创造出源于生活而又高于生活的典型情节和典型形象。鲁迅说："人物的模特儿也一样，没有专用过一个人，往往嘴在浙江，脸在北京，衣服在山西，是一个拼凑起来的角色。"任何一部优秀的小说，总有使人难忘的典型人物，人们可以通过这些艺术典型的镜子，看到、理解许多人的面目。

北京师范大学中文系文学博士、首都师范大学中文系教授陶东风说："小说的意义和功能是什么，可能是一个很值得探讨的问题。小说用虚构的、有相当长度和深度但又极为灵活的方式呈现我们的生存世界、呈现我们的生活方式。目前看来，小说的这个功能还是不可替代的。它和新闻不同，不仅仅告诉人们实际发生什么样的事情，它同时也对我们的生存方式，对我们的历史记忆进行深刻的、大容量的思考。"陶教授从一个侧面说明了小说的作用及其为达到这个作用所采取的方式途径。

鲁迅写过很多杂文，用"匕首"和"投枪"的样式，讽刺、嘲弄、谩骂、批评过很多人和事，也用小说的样式批判了人性的弱点、丑陋、龌龊，以及社会的弊病、缺陷、罪恶。纵观鲁迅的文章，他批判人和事大致分三种情况：一种是指名道姓，直呼其名；一种是确指某一类人和事；一种是泛指，说不清是谁，但可以看到很多人和事的影子。鲁迅是以一个社会责任担当者的角色，扛起文学的大旗，来"疗救社会"或引起大众的注意的。因而在他眼里，既有社会上活生生的人和事，也有笔下或特指或泛指的被批判的缺陷。现实与虚构在小说里是交织存在的。正因为此，他树敌无数，被直呼其名的恨他，被点着了是某一类人的怨他，就连身上存在着他泛指的某种缺陷影子里的一个"分子"——比如阿Q，比如"吃人"的人和"吃人"的社会，读者可以对照自己得出"他也许，或者就是在骂我"的结论——也感受到了他的指责，从而极不舒服。没有人纯洁无瑕，都可能在他的文章里感受到批评。鲁迅因而成了全社会的"公敌"。

文字既然来源于生活，必然有真实人、事的影子，在很多时候，虚构的形象甚至和真实的原型有着高度的重合，读者在读到的时候必定会有意无意地对号入座。这就是文字引起官司的主要因由。这提醒着作家一定要对文字负责，厘清虚构和现实的界限，扎牢两者间的篱笆。对读者来说，则也应该如此，把自己和与己有关的负面信息代入阅读，可能是对原作的误读，也可能是对自己另一面的假性批判。小说毕竟是高于生活的，其中的人物，是一个具体的人，更是一个"人"的符号。

作家需要坚持的是一种精神性价值。他无须为一个塑造的人物的价值观负责。他只为社会价值观负责，虽然社会价值观是通过人物表达出来的。著名作家殷谦在其《殷谦杂文全集》里对文学价值做过详细论述："作者的人格状况和人文素质是诠释文本的必要条件，也就是说，一部作品反映了作者对读者的态度以及作者与现实之间的关系——他能不能使读者体验到诗性的意味和纯正的美感，能不能以健康积极的趣味创造一个真善美的世界；他能不能以充满同情和悲悯的情怀叙述具有人类性和社会性的经验内容，摆脱自恋和自我主义的倾向，使笔下的文字成为人们真正的精神食粮；他能不能给读者前行之路上提供温暖和光明，能不能以文化自觉客观地发现社会残缺和病象；他能不能捍卫自己的理想以及内心的尊严与自由，能不能不沦为市场的奴隶而用娱乐和虚假的方式来粉饰现实以及回避历史，能不能对他的读者说真话，能不能直面权力并勇于斗争；他能不能摆脱市侩对自己心灵的毁坏而以升华力来描写和叙述，能不能摆脱金钱和权力等异化性力量的消极影响，能不能以充分的教养和健全的人格来以笔为旗，文以载道……真正的作家以及文学作品应该包含着这几个尺度，也就是为文的普遍的价值准则。"

读书的地方

一

　　一个人撑起一个家，一个家就是一座城，一座城等于半个故宫，这就是山西灵石王家大院。作为全国重点文物保护单位，王家大院可圈可点的地方太多，此不赘述。让我印象深刻的是王家大院里教育的印迹：门口的照壁、影壁，或"五福临门"，或"蟾宫折桂"，是对家族的祝福，更是对晚辈的期望。这与一般人家门上题写"耕读门第""书香世家"更为具体。在墙壁嵌石，门框门楣，要么刻有忠孝节义的故事，要么雕有仁智忠信的浮雕。而中堂门庭、门石、门廊、门廓，有各种寓言、传闻、寄寓的显义或暗喻。在匾额和屋内的字画里，则把做人做事的原则、规矩明白无误地展示出来。可以说，王家大院既展示了明清民居的特点，也集中阐释了宗法礼制，还概括表达了古代教育思想。

　　在王汝成家，专门给孩童建了读书园。孩子在上房读书，累了，可以到庭院里专门的休息房休息。老师的房间和上房相对，分守休息房两端。在教师住所的二楼，就是图书馆，随时可沿扶梯而上，取阅各种书籍。

孩子大些，家族学子就可以转到一起学习。那是一个独立的院落，布局设置更为完整。学子读书间隙，可以到书房之外的院落游戏玩耍。而庭院的右边，就有花房，养殖各种茂盛的花草，摆放在那里，供学子们认识赏玩。在花房的外层，还有一个院落，沿砖墙拾级而上，就到了墙头的亭子。檐角飞翘，红柱立顶。学子们或立或坐，不受雨雪所困。白天放目远眺，晚上对月弄诗，取名"瞻月亭"。

这些教育设施别于私塾的建筑，可见卖豆腐起家的王家，后来因商而优则仕后，深感教育对家人的作用与意义，因而对子女教育极为重视，几乎达到了一种极致。在古代，只有在皇家，才有为了以太子为代表的皇家子女教育而设的专门的建筑。一般的官宦，建有一些"教室"，鲜有花房，更难有瞻月亭一类的配属。平常家庭更是罕见。

王家对教育的看重，可从每一处砖、木、石雕看出来，可从每一幅匾、字、画看出来。而且，在其建筑布局和装饰风格上，很难看到他们对教育某一领域的偏倚或轻视。他们从做人处世和历世的大处着眼，却从一花一木的认识着手，完全是一种学用结合、知行统一的教育思路。他们的教育有格局：全堡"王"字布局，"龙"形写意，外严内紧；有远见，行事要低头过门，知规矩少麻烦，多积福避祸端；懂操守，长幼有序，尊老敬长，孝悌仁义。虽然在这其中，难免内里和外在有所不符，但大致的追求还是不差的。

富家在得势之后，无不把教育放在了重中之重的位置。而教育又给这些家族的兴盛锦上添花，这就是"知识改变命运"吧！

二

一条小河流了几百几千年，某年，一户姓斯的人家在河边住下来，

195

渐成家族。到了近代，小河的名字早已湮灭，但这个家族却已经为外人所广闻了。

名人众多，教育家斯霞是其中之一。

斯霞的石像坐落在斯民小学的校门正对面，石像后依坡而起的屏风上，镌刻着臧克家的诗："一个和孩子长年在一起的人，她的心灵永远活泼像清泉。一个热情培育小苗的人，她会欣赏它生长的风烟。一个忘我劳动的人，她的形象在别人的记忆中活鲜。一个用心温暖别人的人，她自己的心也必然感到温暖。"她工作了半辈子的这所小学已有百年历史。

但不管是斯霞还是斯民小学，在斯宅村都属于小不点儿。那八栋徽派风格的民宅，张爱玲追随胡兰成住过的小洋楼，都堪与斯民小学的那棵一百二十余岁的大梓树比长。但和笔峰书院的蔷薇、龙爪槐以及二三十米高的古榆比，却是年轻得很。

斯宅，之所以能穿越世事沧桑，依然不改本色，很大一部分原因是斯氏族人千年来对文化教育、宗族伦理的传承。

笔峰书院在斯民小学对面会稽山的半山腰里，一条弯曲的砖石路把人引向幽静。

笔峰书院，是由斯氏三十二世孙、巨贾富商斯元儒出资建造，后由斯家几个族人共同出资修葺的学堂。二百年前，斯氏家族的孩子吃完饭，耍过了门前的水，就向后山而去，那里有教学的老师等着他们。捧着书上到楼上，如果背不过诗文，就别想下得楼来。那窄窄的只容侧身拾级的楼梯，藏在景楼二层厅室的照壁后面，极为隐蔽。在楼上，可以俯瞰家宅，但难闻其声。他们在毫无搅扰的环境里专心读书。据说门口那棵老榆树就是斯家祖上故意犯忌栽种在门口的，寓意榆木脑袋也请老师不要轻忽，也要让他在学习中开窍。

近两百年间，斯宅村已经走出百余位知名教授、学者、官员了。

再往东去还有一个华国公别墅，这一民宅建筑群，是后人为追念斯继荣而设。斯继荣酷好读书，愿为国培育人才，一直想建家塾，让子弟肄业其中，然年高不能完成夙愿。他的儿子斯志浦、孙子斯源清为他建造了这所学塾，并叫"别墅"。它将家祠和学堂合二为一。孩子们在这个院子里读书，他们来时看红豆杉蓊蓊郁郁，进去看阴阳池颇为有趣。越过门前的一湾泮池，放目望去，对面两扇山就是翻开的书卷。

三

我读初中的时候在塬上。这个塬不大不小，刚好可以建一所学校。几排教室，一个偌大的操场之外，四周凹下去，和周围的村庄隔离开来。

住得近的同学需要走二十分钟，我上学则需要走四十分钟。春夏，穿过大片大片的油菜花地，越过一条宽阔的水库引渠，翻越一座小松林地，白白的教室就出现在眼前。塬那边的同学穿过的则是一畦接一畦的麦地，或者是一片梨树林。

下课是我们最快乐的时光。野草长得茂盛，长长的蔓交织着，把操场锁成一张广阔的软床，我们在浓绿浓绿的草床上追逐、打滚儿、晒太阳。爱美的女同学会在操场边缘掐蒲公英吹，或者摘一捧不知名的花儿编成花环戴在头上、送给老师。体育课上，足球是最受欢迎的运动，普通的胶鞋，也能踢出带钉足球鞋的感觉。南方雨多，但即使连续几天下雨，操场上仍然可以不见明水，一脚下去，也带不出泥。

学校没有围墙，把天和地都纳入视野。那时没有汽车，没有家长接送。早上起得早的，喊一声"上学喽"，同村的人就结了队，趁着天边晨光熹微往学校奔去，路越走越宽，人越走越多，汇聚成欢声笑语的河流。放学，异性同学不敢明目张胆地交往，但男同学自觉地承担起护送女同学的责任，她们前面，他们后面。偶尔有调皮的，在树后发出一些怪声响，吓得女生连连尖叫。

秋冬最好，一路上可以烧黄豆、摘松子吃。天稍冷，就把路两旁树上架的稻草扯下来，拢一堆火烤，身体烤热了，心里也暖和了。和躺在操场上享受的阳光，以及课间在教室内挤出的温暖一道，把冬天硬生生赶走了。

那时候作业少，老师有大量的时间给我们读书，他们能找到的、感动了他们的，都拿到课堂来读。有些篇目，是我们放学途中的谈资，也是明日上学路上的期望。还有些文章，听得老师学生一起哭，回到家了，心里还难受，父母以为我们是受了批评，骂一句："还不赶紧念书去，又要叫老师拾掇呀？"

奇怪，明明没有围墙和门卫，在塬上的几年，我却从没有见到去学校找老师的家长，也没有见过各种来检查的领导。

那是我学习最轻松的两年。那个操场也是我见过的最美的操场，至今都是。

四

一个燥热的中午，安黎在街头叫摩的送他会朋友。那司机沉浸在一本书里，安黎连着叫了他几声，司机才从书中回过神来。安黎看到，司机读的是他写的书。安黎是位作家。那天安黎心情很好，不仅仅是因为有人读他的书，更多的是内心受到震动：街头那么嘈杂的环境，摩的那么辛苦的工作，还有拉客人不断的搅扰，但司机却在静心地读书。

安黎在给我们讲这个故事的时候一脸艳羡，就像摩的司机艳羡他的文字一样。这让我想起一个人。

村里有位马大爷，快七十了。胡子白花花的，也不刮，头发乱蓬蓬的，像稻草一样，嘴里常嘟囔着村人听不懂的词语。大人们嫌他"装花鬼"（方言，装腔作势的意思），他便领着我们一帮小崽子打扑克。或者是在夏天的蝉鸣里，或者是在冬天的暖阳下，吆喝一声，一群人躲在破旧庙墙后，战斗个把小时，把上学的烦恼和肚里的饥饿忘得干干净净。

打牌眼看要输了，马大爷往往会有神来之笔，不是有一张王，就是有一个炸弹，保佑他转败为胜。后来大家发现，他总是偷牌，王是偷的，对子也偷成了炸弹。这样一圈人打牌，都盯着他的手。他偷不成牌，输了几次，没了热闹劲儿，又吆喝："不耍了不耍了，还是说故事吧。"讲故事他说是"说"。

大家横七竖八躺在草地上，他说故事就开了场。

"《小五义》听说过吗？"

"说过了。"

"《说岳》呢？"

"说过了。"

"那就说《杨家将》。"

马大爷伸开两臂往下压一压，示意大家安静。其实大家都睁圆了眼睛正等着他"说"呢。

"叫你还吵！"他伸手在其中一个小崽子屁股上拍一巴掌。"杨七郎就像你一样，不听老子的话！"

"……七郎闻听怒火心头蹿，马肚子一夹，拧枪戳向萧天佑。那萧天佑本是虎狼将，忙举双棒向七郎笼头架脑砸下去。七郎用红缨枪左边一拨右边一撩，紧跟一枪，猛扎萧天佑的前心……"他目光炯炯，两指并拢，"嗖"地戳向前方，面前的小崽子吓得翻身一滚。

一个午后就这么过去了，正热闹，他又在一个小崽子的下巴上拧一把："你看你，恨秦桧牙叉骨（下巴）都气歪了。"

大家意犹未尽间，天已黑了，家长呼唤的声音远远传过来。

马大爷死的时候是一个晚上，送葬的唢呐响起来，小崽子们才知道马大爷无声无息地永远离开了，那些具有强大吸引力的故事再也听不到了。

"他一个孤儿，能给你们说什么好听的事？"村里人很不屑。

"他知道的比我多，也比你多！"有小崽子回应。

"谁见过他读书？都是他随口编来骗你们的。"大人还是很轻蔑。

"他说的和我们读的书一模一样！"小崽子气哼哼地转身离开了。

的确，谁相信呢？一个胡子拉碴的邋遢老汉，家徒四壁，大人们瞧不起，天天和一群泥孩子混在一块，能有什么知识呢？就算有点知识，又没有见他读过书。

那个年代，大家都在为吃饱肚子战天斗地，有一丝空闲，抓紧躺下睡觉休养身体、积蓄体力，谁还读不饱胃口的书？

马大爷那些故事不是乱编，是从哪里来的？

这个"孤儿"无疾而终后，他的土墙房子归了公，拆除的时候，从里面刨出了一大摞书。那些书，有的书封面糊着一层又一层的牛皮纸，有的一碰就散成一堆烂纸。大家终于知道马大爷是读了书的，终于可以想见，劳作歇晌后，别人睡觉，他在自己那间已经东倒西歪的房子里，枕着稻草枕头，就着昏黄的豆油灯，捧着从县城书摊淘回来的书，深深陷进那些精彩的故事里。

他的遗物里，没有一分钱，只有那堆破烂不堪的书和读那些书积攒下来的光阴。我们这些小崽子，一直在马大爷和他"说"的那些执言仗义侠士的荫护下。

我想，读书的地方，没有繁华与偏僻，心在，书就在；书在，就能驻魂。就如身处闹市的那位摩的司机，就如一直藏在我心底的马大爷。

第三辑：想见

三个故事：教育的发生

蒙昧需要开导，善行需要引领。春天的样子，描绘在白纸之上，那是教育的造化。而孩子们，就是那一张张白纸。

曾经听到的三个故事，在二十年的教育历程里，至今难忘。

一

在渭南北塘小学，每年冬天来临，都要举行向环卫工人送温暖活动。

"为什么要送温暖呢？"妈妈问小婷。

"老师说：春天，我们到草坪上打滚儿，在暖风里放风筝，我们玩完了，阿姨叔叔却要收拾我们丢下的垃圾，吃饭都耽搁了；夏天，我们在空调房里乘凉，阿姨叔叔还要在马路上捡拾烟头、纸片，他们热得连喘气都困难；到了秋天，街道两旁的树，叶子一掉一地，他们要不停地打扫；冬天，我们还在被窝里睡懒觉，他们已经起床去扫大街，耳朵都冻坏了。"小婷回答。

"那我们送什么呢？"

小婷说："同学们有买鲜花的，有买鞋帽雨衣的，也有买护耳围巾的。"

妈妈问女儿："你打算买什么呢？"小婷说："衣服太贵了，我买不起。"妈妈说："花这个钱值得，我掏。""可是，我不想用你和爸爸的钱，老师说，礼物贵不贵不重要，重要的是让叔叔阿姨觉得有人关心着他们。我用自己的压岁钱。"

"那就买双手套吧。"小婷同意了。

妈妈牵着小婷的手，到劳保店去。妈妈看中了一双手套，橡胶的，弹性好，结实，也不贵。都要付钱了，小婷却改了主意。

"妈妈，我想买那双。"小婷指着一双长长的手套。

"为什么呀？那双价钱贵一倍呢。"妈妈问道。

小婷说："叔叔阿姨天天劳动，短手套只适合夏天用。冬天，要是戴短手套，手臂会露出来，胳膊要冻着了。"

妈妈笑了。

是的，长手套不仅可以护着手，也会护着环卫工干活时不得不裸露出来的胳膊。教育不仅仅是让孩子学到书本知识，更是要教会他们知道尊重和善待别人，教会他们知道钱可以买礼品，但礼品里的善良，却买不来，那是心的给予。

二

虽然从不想批评学生，但唐老师还是批评了小李。

在汉中勉县的山里，唐老师坚守着一个教学点。教学点里的十几个学生，哪一个都像是自己的孩子。有人开玩笑说："你老丈人是大城市里的官儿，你不求他把你调走也就算了，还把老婆也拉到教学点来，给娃娃们做饭、洗衣服。""你照顾好娃娃也就罢了，还要去照看学生家里的老人和农活儿。你这是为了啥呀？"

唐老师不回答，也不气恼。每天照例早早起床，烧水，留给娃娃们泡馍吃，和妻子一起打扫校园，带孩子们唱国歌、升国旗，给孩子们上课。傍晚，把远路的孩子护送过山梁。雨天，溪水涨了，又把娃娃们往背上一驮，——背过河去。

孩子们喜欢在学校里，这里像家，这里有欢乐。他们很守纪律。

可是这次，小李莫名其妙地迟到了。

下课，唐老师把小李叫到自己的办公室，问他什么原因。小李说"我就耽搁了一会儿"，还嬉皮笑脸的，不把唐老师的问话和批评当一回事。

要放学了，唐老师刚一转身，孩子们就把唐老师围住了："老师，教师节快乐！"

唐老师这才意识到，今天竟然是自己的节日。在山沟沟待了十几个年头，他已经对时间和节日淡漠了。

孩子们给唐老师献卡片，给唐老师塞鸡蛋，给唐老师喂糖块儿。

小李给唐老师戴上了漂亮花环，那是他翻了一座山，用山里采摘来的最美的野花编成的。同学们没有彩带，用改作业的红墨水，染了草稿纸，撕成碎片，伴着野花瓣，抛撒在唐老师身上。

是的，这是世上最简陋的庆祝，但又是山里最豪华的典礼。教育在这里，成为夜路里的明灯。孩子们知道，自己在雨天，也有别人伸过来的雨伞，学会了感恩，学会了识别挚诚和善美。而唐老师，就是那个给他们擎灯指路的人。

三

"温馨晕过去了！"

运动会开到一半，安康一所中学就爆出了大新闻。班里几十个孩子，正在给中长跑选手加油鼓劲，可是，温馨同学突然倒在了跑道上。

老师、同学迅速围上来。有老师把温馨揽在怀里，掐着她的人中，有老师焦急地给温馨妈妈打电话，有同学跑向教室去倒水。

温馨的妈妈来了，被隔在人群外。她听到同学和老师一声一声焦急地喊着温馨的名字，她不说话，没人知道她是温馨的母亲。她也是老师，在另一所学校任教。但她不想冲进去，她知道，自己现在进去帮不上忙，圈里的师生比她还着急。

校医来了。温馨醒过来了，她站起来，走了几步，还好，很清醒。

救护车开走了。

妈妈问温馨："还有哪里不舒服吗？"温馨说："没有了。我早上没吃饭，跑的时候就想跑个第一，有点激动、有点急。现在没事了。"老师说："你现在随妈妈回家去，好好休息。"

四十分钟后，温馨再次出现在人们视野里。

她站在了跑道上。

她拒绝了老师和校医的劝阻。当然，为了再上跑道，她和妈妈还给学校写了一张保证书，庄重地签上了自己的名字。

就这样，随着一声发令枪响，一个人的赛跑开始了。

温馨奋勇地甩开大步，在开阔的跑道上飞奔。看台上，是全校师生一浪高过一浪的加油声。闻讯涌进校园的群众，簇拥在操场边上，挥舞着拳头，大喊"加油！加油！"，温馨的妈妈也在人群里，眼里噙着泪水，她和女儿一样，浑身充满力量。

是的，温馨是一个人在赛跑，她是在和自己比赛，这时，她天下无敌。因为教育让她懂得，世界从来不会对某个人妥协，生活里碰到的唯一的对手，是自己。顽强地站着、跑着，才会有成功的人生。

这三个故事，常常在我心里回荡，让我思考教育的意义。

教育到底是什么？

也许，老师从学生身上看到了自己的影子，学生从老师身上看到了世界和未来。影子与未来之间，是两个灵魂的对话、碰撞、交融、传递。教育既是知识的铺垫，更是内心的呼唤。经受过教育之后，从中走出一个新人，在自己那张白纸上，画出现实中最美的风景。

女儿迷上鹿晗了

女儿十二岁了，在小学即将毕业的关键时刻，她迷上了鹿晗。每天放学，放下书包，打开的第一本书，不是经典名著，而是鹿晗的各种宣传照片；拿起手机，第一眼翻看的，不是"家校通"里的作业，而是鹿晗的相关演出资讯；连她那个小音乐盒，播放的也全是鹿晗好听、不好听的歌。

不迷歌星、影星，迷科学家、教育家、哲学家，是社会倡导的正能量。但十二岁的小女孩迷上了鹿晗，开口"我鹿"，闭口"我鹿"，何况在小升初的人生关键当口。我该如何教训她？

我们一直在斥责国人，不崇尚求真的科学家，一位获得国家最高科学技术奖的老人去世，应者寥寥；不推崇向善的慈善家，一个献出毕生积蓄的老人，没有几个人能够知晓；不崇拜著作等身、引人向上的哲学家、美学家，他可能正贫病交加，却无人问津。

鹿晗，你有什么值得迷？我可爱的姑娘，你又迷他什么？这让我这个投身教育事业二十年的父亲汗颜！

一

　　我们一直对孩子采取放养政策。她刚出生半年，因为工作原因，她就被姥姥姥爷带到了乡下。一方面是老人想尽他们照顾孩子的义务，一方面我们确实没有时间，也没有多余的资金雇保姆，把孩子留在身边。孩子在农村，和羊玩，和兔子玩，和猫玩，带着狗狗，和一帮泥娃娃玩。一次饭间，姥爷问她："你的脑壳里装的啥？"她回答："装的花生米。"这个脑壳里只装着花生米、满身灰土的孩子，三岁才又回到我们身边。

　　上幼儿园了。幼儿园开始是玩游戏，往后是唱歌跳舞，再往后是学习和作业。一天几篇生字、几篇英语字母。作业本要求干净整洁，字要求横平竖直，字母要求规矩规范。我一直和国家保持一致，不希望有作业，希望她能好好享受难得的童年。因为我也是七岁才上学，没有经历严格的幼儿园教育，但也好歹考上了大学。只要不是智力障碍者，人的智力一般区别不大，重要的是习惯，生活习惯、学习习惯、思考习惯，这决定了人的发展。她作业的好坏，我并不关心。我关心她是不是在游戏中融入了小朋友队伍，是不是知道游戏结束后和小朋友及家长礼貌道别，是不是在别人家能和别的小朋友和谐相处。令人遗憾，她胆怯，别的小朋友已经开始玩"老鹰抓小鸡"的游戏，她还在圈外等待我们领她加入；别的小朋友早已在院子里追逐嬉戏，她依然一个人在远处羡慕但羞怯地观望。而其他小朋友玩累了回家了，她却要我和妈妈陪她玩"老鹰抓小鸡"，陪她在院子里捉迷藏。爱玩是孩子的天性，但她却很难把天性自然地带入属于她的群体，即使有小朋友三番五次地邀请。

　　她太不懂事。我第一次打了她，但是很快就后悔了。我做过老师，我对学生也有过放弃。但她是我的女儿，我无法放弃她。我在想，我们往往自认为的正确，是不是就是孩子认为的正确，我们采取的行动，是不是就是孩子需要采取的行动。也许，孩子比我们更优秀，只是我们拿自己的年龄优势欺压了他们的童真。

我和她妈妈商量，试图改变自己的策略、角度、做法，还有想法。既然融入不了，我们就观看，当一个看客；既然邀请也不能奏效，那就陪她去院外散步。尽管我们也对小朋友们的热闹无限向往，当看客久了，就想当演员。她开始接近，开始先和其中一个交朋友，开始吃完晚饭打电话约朋友。散步，有我们的陪伴，但也有我们的"大道理"，这对她来说，不是最佳的活动。单调让她回归院里，回归小朋友的圈子。呵呵，她终于和院子里的孩子"沆瀣一气"。

教育，不是家长认为的教育，也不是老师认为的教育，是孩子对自己的教育。家长在孩子成长的过程里，何尝不是在经历自己的成长过程！

二

小学第一学期，我第二次打了她。放学了，她要吃冷饮，我买了。她又要带着花娃娃头的铅笔。学校周围，全是这类商店，可恶的商家，又把这些文具做得如此诱人。对于成人，也许头一眼看着新奇，之后又回归了实用。我想，铅笔用来写字，花娃娃只会分散孩子写字的注意力。"不买！""不行！""不买！"她不走！两三个回合下来，我就上手了。正是放学时间，周围全是家长学生。她哭，我打。有的拉着孩子的家长，不看热闹，带孩子离去。没有家长来接的孩子们却在围观。还有个别家长喊："看，家长打娃哩！家长打娃哩！"语言里全是对我的谴责。

小孩子最会琢磨家长的心理。你今天给了她甜头，明天她会变本加厉。今天你让她无法得逞，明天她就会偃旗息鼓。我抱定的态度是，原则问题不让步。和学习相关的，一切要求满足，和学习没有"血缘关系"的，拒绝。不买花娃娃头铅笔，不买和学习无关的东西，这个原则不能破。打了，她不要了。结果是，以后买给她的学习用具，她也不要了。这是我始料未及的。我又和她妈妈开始哄她，用各种方法让她消气，让她不能因此耽误了学习，耽误了自己学业前程。好吧，谈判。"每天可以要一样东西，钱数控制在五元以内。你想好了再要，只要是一件我就掏钱。"纠纷就此解决。如有反复，就拿出当初协商的约定来规范。现在，孩子买东西，会和我们说理由。给钱多了，也会找回零头。随着她年龄的增长，我们也并不太追问一部分莫名其妙不见了去处的钱。因为我们已经相信她不太会乱花钱。还是当初那个原则，不能破的不破，但结果大相径庭，只因为我们改变了方式。

有一个教育家说，不是孩子不想听大道理，而是他不喜欢你说大道理的方式和态度。教育孩子，打骂，也许是必要的。但当我们找到了更合适的方法，才发现，打骂是最烂的教育方法，打骂的背后，往往不是孩子的错误，而是我们的无能。

三

女儿爱动物。路上遇见猫狗，她会逗它们，抚摸它们的头。就是大型家畜，她也敢上前去，和它们玩。还好，这些被逗玩的动物，都没有伤害过她。每年她还会养蚕。有一年没有桑叶，她逼着我开车几十里去找桑树。她先后收养过两只流浪狗。头一只，三个月里，咬烂了床单和沙发，咬烂了她妈妈的几双鞋。强行送人后，她断断续续几乎哭了三个月。第二只不小心走丢了，她又哭了一个月。

五年级时，她路过一家店，看到猫妈妈带着三只猫崽晒太阳，毛茸茸的，萌翻了。她央求妈妈买一只。无奈之下，买了一只。这下坏了：一放学她就抱着猫玩，给它买吃的、给它洗澡；写作业，一手摸着猫的头，一手握着笔；晚上她和猫就睡在一个被窝里；原先成绩在班里排十名左右，几个月下来，学习成绩下降明显。

妈妈训斥她，我也训斥她。她则把从我们这里受的气，全化成对猫的爱护，时刻提防着我们再把它送了人。我和她妈妈私下商量，爱猫没错，可以培养她的爱心、同情心、怜悯心，但不能影响学习。这样对峙也不是办法。以前关于两只狗，她写了好几篇作文，感情真挚，言之有物。为什么不继续鼓励她写猫呢？我们在逗猫和她聊天儿的时候，就有意教她怎么观察猫、分析猫的心理，如果用文字，怎么能表现猫的可爱、表达自己的爱猫之情。真的，写作文是孩子的一大难题，可是叫她写猫，却不用我们去催，提笔就写，写得又快又好。很快，她的几篇写动物的作文被公开发表。

有一天，猫从楼顶摔下，走了。她又哭了。我们安葬了这只小精灵。她写了好几篇文字纪念它，纪念它带给自己的美好时光。在她的文字激励下，我也写了一篇纪念猫的文章。我们一起回忆，一起感受和自己养过的动物之间的那种友情和友善。猫走了，孩子长大了。

我们一直追问教育的意义，一直探索教育的艺术。教育其实是"没有围墙的学校"，它无处不在。狗狗和猫猫也是教育家，它们用自己的可爱，教会了孩子玩、体会、思考。孩子自己的体验，在和它们的玩耍中潜滋暗长，开始了人与动物、与人、与自己的交流沟通及和谐相处。

四

十二岁，女儿已经开始逐步独立。她喜欢看书，尽管囫囵吞枣；喜欢画画，尽管照猫画虎；也喜欢蹲厕所，一蹲半个小时，还美其名曰"思考人生"。

前面的我们非常支持：给她买书，只要她喜欢；给她报班，只要她愿意花时间。我们没有想着给她报流行的奥数、奥语、奥英，反而给她报了小提琴班。兴趣是孩子发展的基础，培养兴趣是教育的追求。报小提琴班只是想告诉她，这个社会不都是美好，也不都是兴趣。我们将不得不面对一些不如意和强迫。干好自己喜欢的事，那是天经地义的，但能够干好自己不喜欢的事，这才是真正的水平与能力、坚韧与担当。她发过脾气，摔过调音器，拒绝过日复一日的枯燥练习。但就这样，在我们强迫下，她坚持了六年。虽然她拉得不尽如人意，但这又有什么关系呢，我们本来就没有期望她成为小提琴家，拉琴只是磨炼意志。仅此而已。

但她不务正业，现在迷上了鹿晗。十二岁大吗？不大，苏老泉二十七岁才发愤；十二岁小吗？贾宝玉和林黛玉十四五岁就开始谈恋爱了。年龄不是问题，问题是这个时候很关键。在独生子女不能失败的强大社会舆论压力下，小升初被提到人生第一个分水岭去看待。不爱社会的正能量，却去追"小鲜肉"，多少是让我们这些从事教育的人大失所望的。但是，"小鲜肉"就一无是处？他们就毫无孩子可学的地方？

记得前些年报道，一个孩子打游戏入魔，整天只知道玩游戏，几乎长在了游戏厅里。家长痛苦得几欲自杀。后来家长转变思路："既然你爱打，我就让你打个够。"他们给孩子搜罗这款游戏，国内版的，国外版的，和孩子一起研究破解的办法。最后怎么样？孩子英语水平大幅提高。尽管后来没有再报道，但我想，能把一款原版游戏玩到极致的孩子，他的思维和对一件事情的耐心，应该没有任何问题。

女儿也是这样，她说"我要学韩语"，她说"我要学跳舞"，这些是鹿晗喜欢的。她的性格腼腆，舞蹈有助于她更开朗。她假模假样、"有板有眼"地用手机学韩语，偶尔在镜子前自顾自地做几个舞蹈动作，也会在拉琴的时候哼唱一下练习曲——这在之前是很难见到的。她开口说"我鹿""我鹿"，但她没有开口"卧槽""卧槽"；她羡慕鹿晗歌唱得好、戏演得好、舞蹈跳得妖娆，但没有认为鹿晗就是靠自己一张帅脸去混江湖的。

那我还要狠狠教训她吗？教育讲究生成与契机。无论错对，孩子总是无辜的，但她给我们提供了一个机会，一个错了引导她纠正、对了鼓励她继续的机会。结果掌握在教育者的手里，而非孩子喜不喜欢鹿晗。不管我们自认为多么有道理，请不要固执地认为孩子没有道理。不管孩子能不能成人，但他们的身上到处都是我们的影子。

我们知道要陪伴，却不了解怎么去陪伴

在一次论坛上，"陪伴"的话题成为大家关注的焦点。学生寒窗十年，绝大多数家长知道要陪伴孩子，却不知道怎么才是陪伴。辛辛苦苦地陪孩子做作业，做后勤保障，做手工，但孩子却不领情，一些家长反而成了孩子怒撑的对象。孩子抱怨连天，家长做了出气筒，也苦不堪言。我们做错了什么？我们该怎么做？这是很多家长的烦恼。

一

我家楼下有一个二年级的小朋友，每到晚上他的爸爸会陪着孩子做作业。"A 是线段，B 是直线。A 和 B 是什么关系？"孩子不知道。"A 是一截长，B 是无限长，你想想，它们是什么关系？"孩子还是说不出所以然。往往，这种启发式教学会持续半个小时。每天晚上，父子间这样的对话都会从楼下清晰地翻窗进入我的房间。

从他们的对话，我可以轻而易举地推断出来，孩子的作业经常遇到困难，语文、数学、英语都存在问题。孩子碰到某个问题，都会毫不犹豫地呼叫爸爸支援，而可爱、负责的爸爸，也总是及时地给予孩子帮助。

听到他们的对话，我经常会哑然失笑。这是陪伴吗？当然，毋庸置疑。可是，这样的陪伴似乎又不尽如人意。

孩子做作业，碰到难题是常态。家长是不是每个难题都要亲自帮他解决？这些困难，是该在做题中解决，还是整体做完后解决？是不是每道题的每个步骤都要讲到？解决的方法是不是就只有我讲你听？

作业的布置，一般是有梯度的，先易后难，前面的是后面的基础；也有针对性，有些小孩可以不做后面的。孩子做作业的过程，是一个专心解决难题的活动，也是对他专注度、意志力和自信心锻炼培育的过程。碰到一个问题就要请教一次，时间稍久，只能使孩子丧失独立解决困难的意识和整体安排规划的能力。父母这个时候的"及时陪伴"犹如砒霜。

解决的策略也许是：一、先把作业整体做完，不会做的空着；二、做完后，自己查字典、翻看课本、用手机查询，解决一部分空着的问题；三、通过网络咨询老师、同学，解决另一部分问题；四、通过以上方法，还无法解决的问题，留待次日，到校请教师友；五、仍然无法解决的问题，等长大些了再完成。

我没有列出家长的帮助。因为家长再能干，总有一天，我们也将无法再指导孩子，孩子必须独自直面困难。家长在孩子初始阶段帮得越多，对孩子未来的伤害也越大。

那么家长的职责是什么？告诉孩子以上解决方法，帮助孩子克服在运用以上方法时出现的畏难和焦躁情绪；在孩子次日还无法解决问题时，告诉他上课时专心听讲对于课业完成的重要性和终身学习与独立解决问题的必要性。换句话说，家长对孩子方法、习惯的教育和励志教育，远比帮他解决一道题更重要，而且越早越好。有人会说，学校要成绩，孩子要和其他同学比拼，要上更好的学校，我们等不及。真的等不及吗？

二

有一个朋友，夫妻俩爱打牌，晚上，一圈人噼里啪啦，欢天喜地。孩子在旁边的房间里学习，挑灯夜战。按说，这孩子的学习应该不好才符合常理。可是，这孩子的成绩很优秀。孩子学习好坏，既是天性使然，又与教育相关。有的父母是文盲，但孩子很出色；有的父母是高知，子女的学习却让人糟心。"龙生龙，凤生凤"有一定道理，却也未必全是这样。这个朋友家的情况，就是例证。

为什么朋友家的孩子成绩优异而家长却爱打牌，这形成了鲜明对比。究其原因，有以下几点：

一、他们是爱孩子的；二、他们不溺爱孩子；三、他们给孩子讲道理，和颜悦色地讲；四、他们一直陪着孩子成长。

朋友的孩子中午托在学校，晚上回家吃饭。晚上吃什么饭，是征求孩子意见后确定的。朋友很少在外面有饭局，他们认为，饭桌上和孩子随意的交流，比和孩子正经的谈心更重要。他们会和孩子聊学校的趣事，聊自己的见闻，询问孩子的困难，了解各位老师对孩子的印象，解答孩子的苦恼。共同收拾完碗筷，孩子去做作业，他们开始牌局。

打牌中，他们尽量关了门窗，减小干扰。其间，会给孩子倒杯水，端到跟前。孩子写完作业后，要睡觉了，牌局也就结束了。询问了次日的书本、衣物，叮咛完注意事项，各自安歇。

看起来，这里面毫无高明之处，甚至还不如一些家庭对孩子教育的重视。但是，我们可能忽视了朋友在对孩子教育中的爱与态度。孩子有困难，他们帮着想办法，但不包办代替，前面是爱，后面是不溺爱。在这种思维下，孩子既在父母身上得到了安慰和踏实感，又没有养成对父母的依赖。在解决问题的过程里，朋友从不使用父母的威压，而是告诉他，这件事可以这样做，也可以那样做，到底这几种做法孰优孰劣，让孩子自己去判断。父母把判断权和犯错权都交给了孩子。如果真错了，他自己改正并从中获得教训、承担代价。这种体验过程，比家长的教训、训斥有效百倍千倍。在孩子取得成绩时，一家人一起分享，在孩子遇到挫折的时候，他们一起分析原因，帮孩子认清误区，给他改正的机会和时间。朋友的这些做法，与其说是方式、方法，毋宁说是一种教育思想，就是时刻让孩子觉得父母爱着他，心中最重要的人是他，父母始终在他身边，同时又不能事事叫父母帮忙，重要的事情需要自己动手完成、自己体悟。

在朋友这里，陪伴是孩子没睡，他们也不睡。在孩子心里，永远有一个温暖的家庭，那里有他的依靠和可以试错、犯错而不丧失再试机会的慰藉。就像父母打麻将，这把牌不好，我们可以再摸下一把，其他牌友，依然是下一圈的铁杆牌友。

三

故乡有一个五口之家，一直留在我的记忆里。父亲是乡镇企业的销售员，一年四季在外面跑，难得回家，母亲是家庭妇女，操持家务。大女儿上了中专，二十世纪八九十年代，这是学习最优秀的孩子的最好出路。三年后，二女儿也上了中专。再两年，儿子也上了中专。三个子女，让这个普通的家庭荣耀乡里。

父母都没有多少文化，母亲大字都不识几个，可是他们的孩子却全很有出息。为什么？

一、父亲努力，母亲也很努力；二、姐姐没有辜负父母的期望；三、父母和姐姐们做了弟弟的榜样。

老家的那个家庭，父亲做销售，带给家庭经济收入，更带回了大千世界的各种见闻，使孩子知晓世界之大、之美、之壮阔；母亲操持家务，侍弄庄稼，待人接物，堪称农村妇女的楷模。父母亲在子女心目中，那是成功者的模样。三个子女，自觉地把他们作为奋斗期望达到的目标。大女儿的成功，又为后面妹妹、弟弟奠定了成功的道路示范，他们前承后继。而那两位父母，在我的印象里，更是彬彬有礼，他们对子女的爱温煦如风，很少有打骂。当然印象最深刻的是在农忙季节，一家人在农田里的挥汗景象。

一个吊儿郎当的家庭，很难成就出色的子女。家庭成员的作为做派，是其他成员重要的心理和行为的参照坐标。在过去的家庭里，这是一个规律；在独生子女的时代，这仍是同样的套路。

现在，有些家庭的父母，一个人工作打拼挣钱，一个人放弃工作，陪伴孩子上学。可是很遗憾的是，这里面一些家庭很令人失望，孩子名落孙山的有，走上邪路的有，跳楼跳河的也有。原因不是家长付出不够，是家长成长示范不够。

无论古今，无论城市乡村，在孩子心里，大都有一个成名成家的梦。学校、家庭、社会都在期望他们朝这条路上走。学校里，大家千姿百态，和"别人家的孩子"可比性不大。在社会上，各种可见不可见的因素，无法给自己提供参照。只有家庭，各种境况一致，最有参考价值。一个只把希望寄托在孩子身上，只逼迫着孩子成功的家长，其结果往往适得其反。

在老家的这对父母身上，我们看到的陪伴是，家长做好自己该做的，而且尽可能使自己更优秀；孩子在父母身边，以父母为榜样，尽力向父母树立的标准靠拢甚至超越。他们互相鼓励、互相竞争、互相期待，在家庭这个范围里，和谐共荣。

陪伴，我们陪什么？我们陪精神，家长有激励，孩子有温暖；我们伴什么？我们伴成长，家长在成熟，孩子在进步。

期待昂扬的师德

有幸做了多年师德楷模、师德标兵的评选评委，亲眼见证了近十届楷模名单的诞生，聆听了标兵们感人肺腑的故事。让有高尚师德的先进人物脱颖而出，弘扬他们的光辉事迹，本来是件令人愉悦的事，可是，每次评选下来，我的心情都很沉重。因为在这些动人的故事里，大多悲悲戚戚，更多的是让人感叹做教师的艰难、当老师的牺牲、为人师的辛酸，少有做仁师的快乐、为领路人的幸福、成为名师的自豪。

一位教师从中专毕业，开始边教书边自学，不畏严寒酷暑，哪怕千凿万琢，终于考取本科，通过高级教师评审。这是何等凄苦！一位教师，扎根山村教学点几十年，青春面对寂寞，热血背负冷漠，只为了送山里娃走出大山。这是何等惨烈！一位教师身患重病，每几个月就要住院医疗，却矢志不渝，坚守讲台，为的是不落下学生一节课。这是何等悲壮！

可是……

师德不该是如此落魄。学历低，不是水平低，也不是抱负小。学历的提升，是因为有更大更高的目标，这个目标指向育人水平和艺术，指向为国培养英才和为了"中华之崛起"的使命召唤。"为有牺牲多壮志，敢教日月换新天。""喜看稻菽千重浪，遍地英雄下夕烟。"这才不负冬练三九、夏练三伏的艰苦。

师德不该是如此卑微。面山临水几十年，不在林中也是仙。"青山隐隐水迢迢，秋尽江南草未凋。"山路再长，青山不及你眉长；溪水再清，水清不似你目澈。几度人生多浮沉，巍峨青山依旧在。朝迎红霞来，晚送学子归。有你在，书声琅琅，山水驻魂；有你在，蒸蒸日上，教育有盼。这是何等的胸襟与快意人生！

师德不该是如此狭隘。孟子云："君子之守，修其身而天下平。"修身既是养性怡情、丰富内心，也是强身健体、强壮筋骨。人的遭遇本不同，但有豪情壮志在我胸。即便身有沉疴千斤重，人生何处不讲台？育人方法有千千万，不独站身黑板前。"匕首和投枪"的鲁迅文字，多少青年从此猛醒！这是何等高亢、高效的教育！

现代的师德培养，应该拓展教师职业的视野。不应仅局限于某个学科、某个学段，不应仅禁囿于学校和地域的小圈子，也不应止步于现有的教育教学理念和手段。放眼世界，应紧跟时代，牢扣专业，把学科、艺术、哲学等与自己的特长、学生的实际紧密结合起来，既要积极探索操作技巧，更要开阔眼界，走出自我，到更广阔的天地里审视自己、反思自己、提高自己，力争有开拓、有创新。在进步奋斗中克服职业倦怠，开辟出自己的百花园，绽放自己的青春和智慧之花。

现代的师德培养，应该开拓到教师生活的趣味。我们每天都在老去，可是老去有体乏的老、心衰的老，也有昂扬地老、优雅地老。在日复一日的备课、批改作业、谈心、家访和无休无止的任务里，必须学会发现美、欣赏美、创造美。黑夜给了我黑色的眼睛，我就是要用它去寻找光明。把课堂舞成殿堂，把任务作为钻研的调节，就像张海迪把残疾化作了崛起，就像海伦·凯勒在黑暗里燃起蜡烛。这样，生活就有了趣味，就有了情调，就有了更多的盼头，有了更多的踏实、充实。

现代的师德，应该让教师看到人生的亮光。在失意的时候，它就像一把火炬，照亮了生活的阴暗，让人看轻苟且，望到诗意。在收获的时候，不忘初心，砥砺前行，获得人生的价值感、喜悦感。一切低谷与磨难，都是上苍给予的最好礼物，它让我们静下来思考，让我们慢下来感悟，让我们沉下来品味。咀嚼痛苦和咀嚼幸福一样，都是为了再一次起步、腾飞。

现代的师德，不应该是哭泣，哭泣生活的落寞；不应该是嗟叹，嗟叹命运的不济；不应该是乞求，乞求其他行业的怜悯。现代的师德应该是气贯长虹的自信，自信的是我们平凡的行动在为一个伟大的未来而努力；应该是高瞻远瞩的豪迈，因为我们把平庸的日子活成了如火如荼的画卷；应该是前赴后继的激情，用我们千千万万教师普通的生命，汇集成一条可以淌出名川、淌出大海的教育洪流！

又到楷模评选时。再谈论师德，倾听师德故事，我愿意为这明丽、昂扬、激奋人心的教育之歌热血沸腾而起身鼓掌，为这把一年三百六十五天过成了如歌行板的教育生涯而心向往之，因灵魂震撼而油然生出崇敬！

落寞的小猪

如果买了我，就不要抛弃我。

"丢，丢，丢手绢，轻轻地放在小朋友的后边……"充满阳光的午后，和着清脆的笑声，空阔的院子，被稚嫩填满。你和小朋友玩"丢手绢"。妈妈爸爸们在唠嗑的间隙，将目光在你们身上逡巡。他们的目光里，凝聚着对你们的关怀。在汗水和星星的呼唤下，你们并不愿离去，就如你站在我的面前，指着我说："你是我的。"

周末的街道人头攒动。一捧气球飘荡在自行车头上方，飘荡着去蓝天飞翔的渴望；旁边的车子两捆竖直的稻草梱上，冰糖葫芦"亭亭玉立"；老爷爷把一壶滚热的糖汁，变成孙悟空、猪八戒、唐僧的西天取经，或者吹丝，缠绕出圆圆胖胖的棉花糖；泥人师傅的手指间，变幻着张飞、李逵和焦大，你傻傻分不清，仰头问妈妈："他们是谁？"泥人师傅笑着说："他们是钟馗。"在妈妈的腿边，还有长长的书摊和会跑会跳的青蛙、兔子，以及狗。你穿过一条一条各种颜色的腿，漫无目的地朝前挤，生怕挣脱妈妈汗津津的手掌。

然后，你站在我的面前。你说："我要这个，你是我的。"

偌大的架栏，各样的宠物，你选中了我，胖乎乎的手指方向，我集万千宠爱于一身。你把我紧紧搂在怀里，抚我、亲我。在回家的车上，你睡意沉沉，我睡在你紧紧的怀里。傍晚的"丢手绢"之后，你把我拥入暖和的棉被，融入软软的梦乡。万山千水，我从远方而来，正期待一场温暖的相遇，如你的臂弯，如你的胸怀。这是我的使命，和你的梦一样伟大而美丽。

我和你短暂的相聚，就如你选择时的斩钉截铁。你被早早地叫醒，穿上衣服鞋帽，背上一个书包，然后走向晨曦，一切不容置疑。你走在懵懂里，就像那些糖人，张牙舞爪的到底是张飞还是钟馗？

在一张张白纸被涂满之后，你终于明白，拿斧头的是李逵，拿扫帚的是焦大，钟馗是虬须，张飞叫喳喳里挺着丈八蛇矛。可是，你忘了，你的床头还有一只可爱小猪。你嘴里嘟囔着"一一得一，三三得九"，念叨着勾股定理、同底数幂，脑袋里塞满了钙钾钠氢氦锂。那只小猪在你的背诵声里噘起长嘴，在你弓着的背影里一声声叹息。

窗外树影斑驳，宛如画框，窗台上是青翠的绿植，君子兰亭亭玉立，文竹枝如蛛网；从空调上垂挂下来的，是两盆蓬勃的吊兰，细碎的花朵已经开始从绿叶间探出头来。你的房间粉红满墙。少女的梦，映着墙壁装饰上的星星闪烁，明亮的月亮在星空里和流星一样璀璨。但深夜的灯熄灭之后，这些墙上带着荧光的亮闪装饰，不再有嫦娥和吴刚，不再有牛郎和织女的传奇，一场浪漫随着熄灭的灯消失了。星星就是星星，月亮就是月亮，它们距离地球十万八千里，昼夜旋转，不停不息。

满屋的青翠，一房的粉嫩，可是你不快乐。你的快乐断在啃秃的铅笔头，在错题的字里行间，被橡皮一遍又一遍擦去。

我是你的情人，却被你冷落在枕旁。我不再和你有肌肤之亲，你无暇欣赏我对你的柔情眷恋，你已经对我熟视无睹。你一次次从那扇厚重的门里沉重地走出，窝进一沓沓的卷子，给清澈的眼睛戴上一副厚厚的眼镜。透过啤酒瓶底一样的镜片，你看到世界的混沌。天地混沌如鸡子，阳清为天，阴浊为地。天日高一丈，地日厚一丈。而你的卷子，与天地同长。那丢手绢的欢乐，小手与大手的牵握，那些棉花糖的奇妙缠绕，都被卷子挡在门外。它们被叫作"成长"。

　　你成长在分数里。八十还是九十，掌控着你坐在前排还是后排，也掌控着你的尊贵还是低贱。你给我鼻梁上也画上了眼镜，你用订书机把我快乐哼叫的嘴巴封订。你把我从床头扯出来，扔进一个角落，连同那些七巧板、变形金刚、回力车、花草涂鸦、皮筋弹弓、鸡毛毽子、乒乓球拍等一起扔到角落里。你弃我若敝屣，任岁月的尘在我身上堆积。然后你镜片越来越厚。

　　我成为你美好未来的沉重累赘。

　　有一种成熟叫听老师的话、听妈妈的话。因为老师要讲究一二三四，妈妈要追求投入产出。可是，你从来没有听过未来的话。未来要你的童年就是童年，少年就是少年。即便若干年后，你回忆起年少时，仍面露微笑。

　　可是，你把我扔向屋的一隅，暗无天日。

　　你一步步走向期待中的人生。尽管也许并非本意。

　　"丢，丢，丢手绢，轻轻地放在小朋友的后边……"某一个午后，再次听到这首歌谣，你猛然想起了一头小猪。你把我从筐篮里捞起，仔细掸去我身上的灰尘，把我举在阳光下，细致地看我，看我鼻梁上的眼镜，看我嘴巴上的书针。你笑了，笑着笑着，眼镜后面渗出一汪水，在阳光下像星星一样闪烁。

可是那时，即使我重回你的怀抱，却不再憧憬和希冀，因为我韶华已逝，而你，也与少年隔离。

我们都与世界擦肩而过。

家委会是个什么会

学校教育里，现在特别重视家长委员会的建设。很多学校每学期要召开家委会，培训家长，组织家长听课，开展亲子活动。这本来是好事，家校联手，教育才更有力度，更有广度和深度。但是有些家委会却手越伸越长，径直参与班级活动，甚至代替老师和孩子行事。

朋友孩子的班级，家委会就在做着这样的事。学期开始，就是教师节，家委会决定，十位老师，买十束鲜花，向各科老师聊表敬意，这没有任何问题。可是又买了三个口杯，送给三位"主课"老师，这就有问题了：是谁定义的义务教育阶段课有主、副之分？是谁确定的老师地位有高低之别？即使老师教的课程在中考、高考中没有很大分值，他们所教授的今后也没有大用吗？北大中文系教授陈平原的《读书的"风景"：大学生活之春花秋月》一书在探讨大学教育的意义与得失时，号召学子多读"无用"之书，警惕与远离主流价值观，养成独立的趣味和广博的审美。作家王安忆曾经对中国人的学习"有用""无用"的功利性做过深刻批评，她在《教育的意义》一书里对复旦的同学提出三个嘱咐，希望他们"不要尽想着有用""不要过于追求效率""不要急于加入竞争"。对于学生阶段看似无用的艺术、历史、地理、天文等，实则和他们提到的闲书一样，对于人生有着不可替代的重要意义。可是在这个家委会眼里，这些课因为不实用而不重要，因而教这些课的老师地位也低下。如果这些"副课"老师知道这种做法，不知是否可以把自己的课当作无所谓去教孩子？如果这样做了，这些做出"送主课不送副课"决定的家长是否会答应老师的"礼尚往来"？

又有家长提出，由家长给教室购置小书架，在班级营造读书氛围。并号召家长投票，过半数实施。组织读书，营造氛围也没有错。但是没有孩子意见参与的家委会决定，只能是越俎代庖，甚至还可能是瞎操心。教育教学设施应该由学校添置，这是学校的责任与义务。就好比学校文化墙不能叫家长去刷，学校美化草木不能由家长去植一样。如果班级里，老师和学生有这个想法，搞图书漂流、搞英语角、搞读书比赛等，那家长应该举双手赞成，大力支持。可是如果这不是孩子的意见呢？这个买书架是可以接受的，那以后家委会提出把教室翻造一下，把全班教师更换了呢？对此问题，有家长对此回应："投赞成票已经过半，有意见的保留。"我不是反对家委会协助老师督促管理孩子和班级，我们应该感谢那些为此付出大量时间、精力、心血的家长，但我反对把家庭教育的手伸进学校教育太多。有的家长凡事一味替代孩子，甚至容不得孩子有抵触和违逆，总认为自己为了孩子好，自己想的就是孩子想的，就是孩子需要的，做法就是正确的，恨不能把一切都包办了。

一个班级应该有它的议事机构，它有班主任，有科任老师，有班委会，他们完全可以决定一件事情。而班级添不添书架，应该在老师带领下，由班级同学们集思广益，而不是家委会指手画脚。如果把它作为主题，开一个主题班会，孩子们讨论、争辩，形成共识，这比家长投票更有意义。家委会的票数再多，它也不是学生的票数。家长期望孩子每次门门都考满分，可卷子要孩子去答。家长陪不了孩子一辈子，总要放开手，让他们做出自己的决定，实施自己的行为。我还没见过，经常由父母代言，被包办一切的孩子是有出息的，反倒是那些早早经历过纠结、讨论、争辩，甚至纷争的孩子，更能适应社会，也比他们的父母强。这样社会也才一代胜过一代。

家委会里是不是有家长在自己家里包办代替惯了，甚至颐指气使惯了，也要把这种霸道作风带给别的孩子，带给别的家长？不要说票数过半，就是满票又如何：我们见过的多数票甚至满票通过的事，错了甚至大错特错的还少吗？

家委会到底是干什么的？在我看来，第一，是协助。协助老师，提醒、督促（多半不是辅导）孩子完成各科作业。每个人都有惰性，孩子更是，贪玩是未成年人的共性。遵照老师嘱托，适当告诉家长们今天应该注意的事项，比如记得戴红领巾、不要忘了拿某本书、缴纳某项费用等。孩子的手抄报、誊写、积累、阅读、思考，都应该由孩子自己完成，而不能包办。

第二，是鼓励。在孩子遇到困难与挫折时，家长应该学会为孩子卸包袱，而不是背包袱。告诉他们这世界上有得是艰难困苦，有得是不顺利、不顺心，但在风雨之后，才能享受到灿烂彩虹。家委会就是要及时了解班级思想状况，把班级里碰到的难题和挫折，在上学时间没有完成的事，告知家长，让孩子在家里继续完成，做好孩子的深度思想工作，鼓励他们直面困难，而不是直接出主意。遇到高兴的荣耀的事，分享他们的喜悦，鼓励孩子们再接再厉，更上一层楼。

第三，是陪伴。陪伴老师们工作，给予老师们心理安慰与犒劳；陪伴孩子们成长，见证他们逐步成熟、进步。有好的文章、家教办法、管理建议，可以提供给更多的家长，也可以给老师、孩子作参考。但这种陪伴不能以个人代表全体，更不能干预老师治理班级和替代学生的自主管理。

第四，是协调。老师做不了的，家长可以出面，比如买花、买书架。但这些协调不是家长的意志，而应该是老师和孩子们的决定，家委会只是落实而已。任何自作主张的家委会，最后都会成为学校教育的大敌，哪怕刚开始看起来很美。在时下，一些家长功利思想严重。引导和纠正家长的错误观念也是教育的任务之一。家委会伸手过长，演变的结果只可能是干预教育教学而非被引导，教师的管理与教育今后可能会走向被动。

我一直反对家庭教育、学校教育、社会教育杂糅。虽然这三者很难有严格的界限，比如孩子回家了，感同身受，是家庭教育；路上，耳濡目染，是社会教育；学校里，闻道受业，是学校教育。这三者每天都作用在孩子身上，但三者应该有明确的分工。尤其是家庭教育和学校教育，应该把"篱笆"扎在放学那一刻。把学校延伸到家庭，是学校教育对自己能力的不自信；把家庭教育延伸到学校，是家庭对自己能力的过度膨胀。

家委会处于二者之间，如何把握这个度？那就做好接棒者而非制棒者，做好协助者而非决定者，做好陪伴人而非当主人。因为家委会是为孩子服务的，而不是为家长自己的想法服务的。英国著名教育家洛克有一句话："如果谁希望自己的儿子尊重他和他的命令，他自己便应十分尊重他的儿子。"但愿这句话能引起家委会的思考。

有些话非说不可

——读王彬武《可能的教育》

　　《可能的教育》既是一本薄书，又是一本厚书。

　　作者王彬武是行政管理干部，是我的领导之一。对于"领导"，在我看来有两种含义：一是他是我任职单位事业发展的关怀者、扶持者，二是他是我个人诸多疑难问题的解惑者、引导者。尊重有对位子、对能力、对品行之分，在我心里，我对王彬武的尊重是三者皆有。他发在微信公众号里、收在《可能的教育》里的文章，关于教育的认知，总能给我很大的启发；他勤勉的行事作风，也让我敬佩有加。

　　当下的教育，有一个字可以概括："乱。""乱花渐欲迷人眼。"一方面，基层的各种创新实践层出不穷；另一方面各种管理招数接踵而来。教育和其他事情一样，改革是主旋律。基层基于增强意识的探索无可厚非，就像苏霍姆林斯基在母校里的"折腾"，这朵开在乌克兰乡下的小花，后来绚烂了世界，至今仍在如火燎原。基于校情、学情、教情的实践，终归会被时间完善和接纳，因而使得教育不断向前发展。但管理则

230

不一样。尤其是有些领导在办公室脑袋一拍所做出的"规定"，损害的往往是一方教育生态，甚至贻害一两代人。因此教育政策的出台，必须慎之又慎。王彬武在作为一名行政干部的任上，很少出台政策。他在教育厅基教一处做了多年处长之后，才推出了一项算是重大的工作规划：开展"四新四大"。这项工作试图从德育、文化、课堂、管理四个方面去纠正基层出现的一些误区。按说，既然是政策，就应该有"必须执行""强力推进""定期检查"诸如此类的限定。可是，"四新四大"工作的指导方针却是"行政引领"。它把全省的教育名家集中起来，拉到基层，去看、听、问、阅、访，找出基层在管理等方面存在的问题，然后凝聚大家的智慧，给出一个改进和解决的参考方案。其最大的贡献是它限制住权力的野蛮，让其回归服务基层的本位，也让基层不因上级问诊而徒添烦累。因为只是出主意，不是强迫，所以深受基层欢迎，也旋即被列入省政府工作要点里。为什么要用这种方式？这在他的《统筹城乡义务教育与教育生态重建》《学区制管理改革与义务教育均衡发展》《教育监督机制的尴尬》等文章中有精辟的分析论述。从这些篇章，可以看出王彬武施政的审慎和熟虑、对权力的收敛和敬畏。这些认识，开拓了像我一样的广大教育人的视野，也正是当下治"教育之乱"所急需的。

教育行政人员还有一个需要注意的问题，就是站在教育圈里看教育。对于社会关注度如此之高的领域，这种狭窄目光是短浅和致命的。教育实际上是联结着各种社会关系的一个综合体，就如一个迷宫，只有凌空而视，才能辨清迷宫的途径和出路。在《可能的教育》一书里，可以看到，王彬武从来没有把自己的目光局囿于世俗成见和目下困境。他看得更远、更广。在《日本义务教育的几点启示》《赴日笔记》二文中，他把中国的教育和日本的教育进行了对比；在《城市化趋势与农村课改的困境》一文中，他又把教育现状和教育的过去与未来做了梳理；在《今天我们该如何看减负》一文中，他把教育发展遇到瓶颈的社会因素做了全面剖析。扎实调研、充分论证，静心揣摩、辨症施医，胸有成竹才能决胜千里。正是有了这样的大局观，才使得他谋未定时饱览群书，"瞻前顾后"；谋既定时，动若疾风又从容不迫。

　　行政人员在很多时候可能寅吃卯粮，或者顾左右而言他。这是身份环境使然，抑或有别人不可知的苦衷。但抱着一颗求进和诚恳的心，仍然可以把一些禁区或壁垒踏破。王彬武就是这样，他立足实情，敢说真话。学生作业多，已经被诟病多年。可是在基层，题海战术、教学方式落后、教育观念陈旧等问题依然严重制约着素质教育的发展。他在"四新四大"工作中，不厌其烦地告诫大家，不能再因为考试成绩和升学率而扼杀学生的积极性和创造力。在《可能的教育》中，他高声疾呼：要重视《家庭教育不可承受之重》，认识到未成年人《毕竟是孩子》，家长、教师要《与孩子一起成长》，在社会、学校、家庭教育中要努力《改变我们的语言》，呼唤高雅的而非被庸俗裹挟的教育。他务实而大胆地诘问，《可不可以没有作业》？一些学校在市场化大潮中不能坚守教育公益属性，对生源挑三拣四、对家庭低眉高眼，严重影响政府的声誉和威信。

　　基于对下一代的呵护和关爱及对教育事业的负责，王彬武在《一所学校的温度》中提出："我多么希望学校能够像母亲包容孩子一样包容每一个属于自己的学生，无论他们是富足还是贫穷，无论他们身居高位还是地位卑微，甚至他们犯了错误，走了弯路，都能宽恕他的过错。"在《义务教育民办学校"非营利"是一大进步》中提出："推进民办教育分类管理是教育治理体系现代化的必然选择，也是世界各国通行的做法。要让各项扶持政策有效落地，既十分迫切，又任重道远。"

　　一直以来，大家都在呼唤内行管理。《可能的教育》只有一百七十一页，可是纸张的多少并不决定一本书价值的高低。读其书，观其在教育领域的作为，王彬武正在内行和专家的路上昂首前行。他繁忙工作之余的苦读，他开会间隙的疾笔，他奋不顾身的踏实实践，都在做证，都在为他著作的厚度奠基。当然，如果能够在研究教育的同时，把身份对于言说的束缚再多放下一些，这条路当会走得更快更阔。但这，已经难能可贵。

情、思是名师的源头活水

——读王水侠书评

认识人有三个途径：面对面交流，听人介绍，观其作品。我和特级教师王水侠并不相识。但随着我拜读她的作品《迎风生长》中的篇篇文章，王老师的形象展现在我面前，渐次丰满高大起来。

《迎风生长》是王老师教育教学的研思录，是她从站立乡村讲台开始，直至成为陕西省特级教师，几十年来的所知、所行、所悟。这本书是她的教学操作实践，更是她对教育科学的深刻领悟。

今天的教育，大量和教学有关无关的任务沉沉地压向基层。在升学指挥棒和一些硬性的区域推动下，教师个性腾挪的空间被大大挤压，绝大多数人被压扁、压瘪了。但是，"思维是灵魂的自我谈话"（柏拉图）。当一个人内心求知向上的火不灭，外在的客观就困顿不了他。王老师从执教开始，心里就燃烧着这把火。仅仅三年，她已是乡镇教坛明星。三次失败，也没有阻滞她的脚步。从书中的《〈蒹葭〉意旨分析》《〈盘古开天辟地〉教学构想》《〈落花生〉教学策略》等篇章，可以看到一位老师对一节课的精益求精和奇巧心思；在《"音"势利导》《引"音乐"活水，载"诵读"之船》等授课里，也能窥见王老师对学科间逻辑关联的思索；读《创新教育之我见》《有效教研的推进策略》《有效阅读难道要与传统决裂》数文，还能深切触摸到王老师对教学常态的别样探析。"学而不思则罔"。孔老夫子的教诲，既让她在教授学生时应用，也给她自己的成长提供了锐利的武器。这，就是之后她不断获得省、市、县优秀教师等各种荣誉的根本原因。

教育是一种修行。有人说当教师久了，大学老师就是大学水平，高中老师就是高中水平，小学老师就是小学水平。这种说法忽视了个人的努力，如果一名小学老师一直在汲取营养——课本的，经典的，周遭的，并把自己的思索糅进去，久之，他身上的人师魅力和智慧之光就会耀人眼目。如王老师的《〈水调歌头〉主题美探微》《读〈杜威教育名篇〉有感》《〈开国大典〉教后反思》等文章，其中闪现的灵感火花让人惊叹，没有深刻的理解和深厚的阅人历事感悟，苏轼、杜威等人不会在课堂上、文字里活灵活现。如果再读关于校长及其对学校管理的论述，王老师之文、之见，何止是"小学水平"，那分明是大家风度。

对己高、严的要求和不懈的追求，是修行的必需，也是王老师"成名"的秘籍。凡成事者，必"不畏浮云遮望眼"。纵观王老师三十年教学时光，最可贵的是她从教的激情一以贯之。诗光普照经典，激情使语文回归，阅读将想象进行到底，正是因身为教师铁肩负着道义，爱心与责任齐飞，所以终究取得了不菲的成绩。

我没有见过王老师，但我在《迎风生长》里，分明看到了一幅画面，中间是坚强坚毅的温暖女子，周围是一圈眼睛明澈、渴求知识的少年。

伟大的开端

——每世英《伟大学校》序

《大学》开宗明义有这样一句："大学之道，在明明德，在亲民，在止于至善。"意思是成年人为学的根本在于修明自身，将自己学问之道和德的成就，投向人间，亲身走入人群社会，亲近人民而为之服务，最终达到完美的境界。

这其实就是教育的意义。但在每世英看来，这句话还有可商榷之处，后来他把"止"改为"臻"，用作了校训。他是这样解释的：止，只是结果；臻，抵达的意思，是结果，更是过程。教育最重要的是过程，过程才是教育的良心，过程到了，结果是必然的。

我第一次去惠安中学，接触每世英校长，是在一个春寒料峭的日子。秦岭经过一冬的劲风，终于将迎来又一个春天。没有人知道它怎样走过小雪、大雪、小寒、大寒。

这就像每世英的人生经历一样。每世英 1990 年参加工作，先是担任户县（现西安市鄠邑区）二中团委书记、政教主任，然后辗转户县三中校长、书记，户县六中校长，后到惠安中学。现为鄠邑区第一中学党总支书记。

惠安中学是一所地处城乡接合部的学校。"如果给我们的学生定位为上一流大学，会把这些孩子害了，我们将会成为户县的罪人。每个孩子在家里都是父母的宝贝，到了学校就会因为成绩被分为三六九等，这不是真的教育，也与立德树人的教育宗旨相违背。"每世英说。

教育到底是什么？每世英用二十多年的经历和体验，总结为这么一句话，"教学生做好人，做真人"。他把这句话分解为三个层面：在家做好儿女，在校做好学生，在社会做栋梁。这句看似极其朴素的话却道出了当今教育的短板：我们的教育有些假大空和面子工程。古人有三个极低的处世标准：说实话，讲良心，做好人。每世英办学，想让这三个标准重新回归。

这会是他的奢望吗？

在惠安中学，每世英校长开始了他的实践。他咬定优秀文化传统，高举"立德树人"大旗，坚定不移地把"学生学什么""给学生教什么"放在办学的首要位置。学校创设了许多情境，让学生置身其中，在具体生活的点滴中，从自身做起，践行"做一个好人"。

比如通过诚信售水、诚信考场，让学生知道，诚信是人立足社会之基；通过布置道德家庭作业，戒除吸烟行为辩论赛，让家长明白，破除不良行为习气，坚守道德底线，比单纯取得学分更重要；通过"321"评价系统，建立"五大指数"大数据分析体系，让教师清楚，教育不仅仅只有成绩，还有学生一生的幸福。这些创举，纷纷成为其他学校效仿的典范。

办教育，不仅要有能力和智慧，更需要激情和情怀。教育的优劣，绝不是学生一段时间学业的高低，不是学校一时的兴衰，不是家长一时的期盼。学校应该是一方水土文化的引领地，是学生一世为人的奠基地，为一个民族能有巨大凝聚力与创造力而打造。惠安中学的"好人教育"，恰巧是在为此努力。"好人教育"倡导学生做好人不以一时胜负为要旨，而以一生向善、向美、向真为目标。不做小人、坏人、恶人，要做一个守规矩、讲诚信、懂感恩、会创造、立己达人的好人。三年后，这些效果显现出来，《好人教育的理论与实践研究》荣获2015年陕西省基础教育教学成果一等奖。《好人教育，核心价值观融入实践活动的成功探索》案例入选教育部2018年全国中小学德育工作典型经验名单。学校先后荣获"陕西省中小学德育工作先进集体""全国零犯罪学校"。《人民日报》《新华每日电讯》《中国青年报》《中国教育报》《人民教育》等报刊，以及中央人民广播电台、中国教育电视台等主流媒体均对"好人教育"的经验与效果进行了报道，人民网、凤凰网等国内八十余家网络媒体进行转载报道，在国内产生了广泛的社会影响。

在这些成绩的背后，是每世英校长在开始之初所承受的压力和进行中所付出的心血，以及对孩子、对家庭、对教育博大深沉的赤诚情怀。无此，"好人教育"早就瘫软于世俗指责之中。

一所伟大的学校必然承载着家国对学生的要求和渴望。在惠安中学，传统毕业证书颁发的同时，还向每位毕业生再颁发一枚好人证章，这是对学生接受"好人教育"阶段性的表彰，更是对学生终身向好的鼓励，还是对有违美德言行的鞭策与告诫。这是惠安中学对走出的每一名学生一辈子美好的翘首以盼！

一个国家的伟大不仅在于它有高GDP和先进武器，还在于它的软实力，它的文化为其他民族所敬佩并从中受益。一个人的伟大不是他有多少财富和多么高的社会地位，而是他呈现出来的高贵品质和悲悯情怀。一所伟大的学校呢？不仅是有多少人上了多好的大学、出产了多少留学生，还在于它所培养的学生能够立足各种岗位并尽可能多地为他人所想。芸芸众生皆凡人，培养能在平凡中闪耀出人心之美，在灰暗中投射人性之光，尊重并为他人做出力所能及贡献的好人，不正是教育的终极目标吗？

伟大是无止境的美好愿望，它从微小的实践开始。纵观每世英校长带领下的惠安中学的实践，可以说，"好人教育"给出了明晰的答案：这是可贵的探索，这是伟大的"臻"的过程。

缺憾是有的，比如这种实践的系统性和持续性有待加强。但我们不能因为没有漫山红遍而去指责一棵大树的茁壮。"提到教育，总有一种精神在激励鞭策着我。我愿意继续思考下去！"每世英校长说。透过他坚定的眼神，我仿佛看到冬季经历过了小雪、大雪、小寒、大寒，春天就要来了。

后记

可能缘于喜欢，也可能因为贫穷，我出生在农村，对书有种天然的尊崇。小时候每次赶集，父母舍不得吃饭，但总是会把一两毛钱塞给我。而我最喜欢去的地方是书摊。

到了高中，我的作文写得比较好。当然，这也要感谢我遇到了一位热爱文学的好老师，她文静而美丽，经常给我们诵读一些经典文章。在评改作文的时候，我的作文常被当成范文，这给了我很大的鼓励和信心。从那时开始认真写写画画，一直坚持到了今天。

说来很搞笑，我一开始是写诗的。高中开始就和同学们办文学小报，大学也是和几个文学爱好者凑钱办文学报，写得最多的是诗歌，自己订个本子写在上面，写了好几本，青春狂放，寄予文字，那是年轻人的"通病"吧。我第一篇正式发表的作品就是一首诗，发在《汉中日报》上，但那也是最后一首诗。因为我发现自己没有写诗的天赋，就彻底放弃了。

工作后，开始写杂文。鲁迅先生的杂文给了我很大的启发。杂文写作，嬉笑怒骂，有力量、有气势，我也自认为很有正义感，很长一段时间用写杂文表达自己对各种社会现象的看法，直到《杂文报》变成了《杂文选刊》。那段时间的创作对我后来的写作影响巨大，以致我的各类文章里经常会自觉不自觉地出现议论。

随着阅历增多，我开始写小说和散文。工作之余就构思故事，有小的感受就写成随笔、散文。我的职业是记者，走南闯北的采访，使我增长了很多见识，积累了很多素材，这是我创作的源泉。因而在 2004 年之前的写作，基本都是写实的。

2004 年到 2017 年，基于种种原因，我几乎没有动过笔，2018 年年初重拾文学，这才有了今天这本集子。

一般来说，好作品最本质的特点是要经得起时间的淘洗。越长时间被人记起，被人阅读，被人回味，作品就越有价值。当下能引起轰动的作品未必能成经典。把写作当成理想的作家，一般不会认为自己有成功的作品，尤其是像我这样中途搁笔多年的文学爱好者。令自己满意的作品永远是下一部。创作是个需要耐受寂寞的活儿，在某个阶段有些作品得到了比较高的认可，这是可喜的，但也是值得警惕的。作家必须不断学习，激励自己走得更高更远。生命不止，奋斗不息。把某一部作品当成自己的成功之作，实际是对自己文学创造力的否定。只有那些不断丰富自己的作家才有可能成为大家，只有那些与人性共鸣的作品才可能历久弥新。

多读书，读经典，是获得成功的不二法门。古今中外的大作家们给我们留下了取之不竭的宝贵财富，很多前人历经一生体验、探索、积累的智慧，足以使我们少走弯路，读他们的书，让我们站在巨人肩上。在我看来，读书和旅行是两个增长见识和学识的必经途径，有了宽阔视野，才能给自己树立一个可行目标，确定一个适合路径。

更重要的是把读、思、写结合起来。写作没有捷径，如果有，那是天才，可惜百分之九十九的作者都是要靠勤奋和坚持的。独立思考缺位的阅读是饮鸩止渴，它让阅读者在获取一定知识的同时，丧失了判断，迷失了自我。一般人把复杂的事，尽可能说简单，如"生活就是一团麻""岁月堪比杀猪刀"，这是直指结果；作家是把简单的事说复杂，如《生命不能承受之轻》《活着》，极力关注过程。作家在过程里追寻事物结果的成因，在常人司空见惯的事物里发现意义，再把这些思考、意义用故事的形式表现出来。思考习惯了，就每每发现了结果里的偶然与必然。这种发现是原创性的，因此作家往往又是思想家、哲学家。多读、多思考、多练笔，长期坚持，才可能成功。我在发表文章之前其实已经练写几十万字的小说了，笔写顺了，故事有趣味了，内涵有嚼头了，才慢慢得以发表。即使是这样，回头再看当年的文字，仍然感到语言幼稚甚至拙劣，思想肤浅甚至空洞。

写了几段文字就想着立即发表出来，这种想法可以鼓励自己，但不可持续。现在的网络文学平台太多，因为需要大量的文字来撑台，使得质量反而不是最重要的发稿标准了。这一方面鼓励着初学者，一方面又妨害着优秀作品的生产。

我的经验是文章写出来先放三个月，自己都忘了写的是什么，再拿出来修改。这时候自己已经由作者变成了读者，写作时头脑里不自觉填补的内容在读者眼里消失了，这时候更能发现问题。修改前会把文章再发给很多朋友，有专业作家，有同道中人，有亲朋好友，请他们提意见，根据意见修改完再投稿。有时候读到一本好书，对自己触动很大，也会把之前的文章推翻，改写或再完善。因此，我的每一篇文章几乎都凝结着好多人的心血。

这本集子面世了，它是我近两年生活的部分见证，也是很多朋友鼓励、支持、帮助的结果。在向师友们致敬的同时，但愿它能留存得长久一些。